Diretor editorial
Henrique Teles

Produção editorial
Eliana Nogueira

Arte gráfica
Ludmila Duarte

Revisão
Eduardo Satlher Ruella

Introdução
Lúcio Costa

Capa
Cláudio Martins

EDITORA GARNIER
Belo Horizonte
Rua São Geraldo, 67 - Floresta - Cep.: 30150-070 - Tel.: (31) 3212-4600
e-mail: vilaricaeditora@uol.com.br

ALEIJADINHO

Dados Internacionais de Catalogação na Publicação (CIP) de acordo com ISBD

B844a

Bretas, Rodrigo José Ferreira

Aleijadinho / Rodrigo José Ferreira Bretas - 2ª ed. - Belo Horizonte, MG : Garnier, 2020.
134 p. : il. ; 16cm x 23 cm.

Inclui índice.
ISBN 978.85-7175-178-1

1.História do Brasil. 2. Arte. 3. Aleijadinho. I. Título.

2020-314 CDD 981
CDU 94(81)

Elaborado por Vagner Rodolfo da Silva - CRB-8/9410

Índice para catálogo sistemático:

1. História do Brasil 981
2. História do Brasil 94(81)

RODRIGO JOSÉ FERREIRA BRETAS

ALEIJADINHO

GARNIER
desde 1844

SUMÁRIO

ÍNDICE DAS PRANCHAS COLORIDAS
Santuário do Bom Jesus de Matosinhos - Congonhas

EXPLICAÇÃO PRELIMINAR

O grande interesse manifestado no Brasil e no estrangeiro pela obra e a personalidade de Antônio Francisco Lisboa reclamava desde muito tempo uma reedição, anotada e acompanhada de documentação fotográfica da sua biografia clássica, de autoria de Rodrigo José Ferreira Bretas. A existência de dois manuscritos do punho do Autor, com o texto integral da monografia, — um dos quais no arquivo da Arquidiocese de Mariana e outro no do Instituto Histórico e Geográfico Brasileiro, permitiu reproduzi-lo adiante fielmente e consignar as pequenas variantes ocorridas no segundo manuscrito. De outra parte, as pesquisas procedidas pela Diretoria do Patrimônio Histórico e Artístico Nacional e os estudos de alguns historiadores, publicados nos últimos anos, forneceram subsídios importantes não só para a verificação das fontes das informações constantes do texto, mas também para em alguns poucos casos retificá-las e em outros ampliá-las, à vista de documentação autêntica da época. Finalmente, o encontro do risco original da igreja da Ordem 3ª de São Francisco de Assis, de São João dei Rei, delineado pelo Aleijadinho, facultou a apuração de elementos da maior importância relativamente à sua obra de arquiteto.

A atribuição daquele original a Antônio Francisco foi perfilhada pela crítica, mas sem qualquer justificativa que a abonasse; daí a necessidade de fundamentá-la. Desse trabalho se desincumbiu o arquiteto Lúcio Costa, na "Introdução", formulando a esse ensejo uma apreciação pormenorizada da obra de arquitetura do Aleijadinho, naqueles pontos em que ela se relaciona com o referido risco, e que pareceu acertado colocar à frente deste volume, pelas vistas novas que aí se contêm.

As "Notas" sob o título 4° do presente volume são de autoria de Rodrigo M.F. de Andrade, Lúcio Costa, e principalmente de Judite Martins, estas baseadas na bibliografia impressa sobre o assunto e, em grande parte, em documentos inéditos coligidos nos arquivos mineiros pelos Srs. Manuel José de Paiva, Salomão de Vasconcelos, Francisco Antônio Lopes, Antônio Ferreira de Morais, Padre José Higino Freitas e outros.

Rodrigo José Ferreira Bretas

INTRODUÇÃO

LÚCIO COSTA

A ARQUITETURA DE ANTÔNIO FRANCISCO LISBOA REVELADA NO RISCO ORIGINAL DA CAPELA FRANCISCANA DE SÃO JOÃO DEL REI

É fácil a qualquer observador notar a semelhança da portada figurada no risco* original da Capela** da Ordem 3ª de São Francisco de São João del Rei, com a portada construída na outra igreja franciscana, cujo projeto se atribui, com razão, a Antônio Francisco Lisboa, — a de Ouro Preto. Perceberá, porém, desde logo, que, na primeira, o desenvolvimento da composição se apresenta incompleto, pois que lhe falta a triangulação característica das portadas do seu tipo, triângulo cujos vértices são marcados por elementos plásticos de acentuado relevo e volume, tais como a coroa e os entablamentos das pilastras laterais, encimadas ou não por figuras, no evidente propósito de acentuar os limites extremos da composição.

Daí a sensação de coisa inacabada que, sem embargo do apuro excepcional do desenho, esse risco produz: é que, familiarizados com a solução definitiva, plasticamente resolvida, posteriormente realizada, sentimos falta, no desenho, daquela perfeita triangulação. E quando se atenta nos antecedentes desse risco de portada, e na precipitação dos desenvolvimentos ulteriores a ele, pode-se de fato concluir que também o seu autor teria motivos para ainda não estar satisfeito com a solução então apresentada.

*. Da mesma forma que a expressão inglesa design, a palavra risco, na sua acepção antiga, está sempre associada à ideia de concepção ou feitio de alguma coisa e tal não significa apenas desenho, drawing, senão desenho visando a feitura de um determinado objeto ou a execução de uma determinada obra, ou seja, precisamente o respectivo projeto.

**. Até meados do século passado a palavra *capela* não implicava sentido restritivo, era empregada indistintamente para designar qualquer igreja que não fosse matriz, independentemente do seu tamanho.

Com efeito, naquele momento — 8 de julho de 1774 — as portadas mineiras já construídas eram apenas duas, ambas carmelitas e de autoria de Antônio Francisco Lisboa: a de Sabará (1771) e a de Vila Rica, empreitada por Francisco de Lima nesse mesmo ano, mas só concluída por volta de 73, muito depois, portanto, da morte de Manoel Francisco Lisboa e das modificações introduzidas no projeto original da igreja pelo filho, a cuja lavra se deve o admirável conjunto de tarja e dos anjos — tanto o do frontispício como o do arco cruzeiro.

Ora, nas armas da ordem do Carmo, a tarja é necessariamente encimada pela coroa e se apresenta, as mais das vezes, de certa época em diante, ladeada por dois querubins, de sorte que o partido triangular, por assim dizer, se impõe, não constituindo a sua composição maior problema; ao passo que, no caso da ordem franciscana, as armas — compostas de duas tarjas entrelaçadas e demais símbolos — são encimadas apenas pela coroa de espinhos, a qual, por sua natureza frágil, destituída de valor plástico apreciável, não constitui, por si só, remate de composição capaz de se contrapor, sem prejuízo, à coroa real de Nossa Senhora.

Verifica-se pois, do exposto, que em julho de 1774 a solução plástica das portadas franciscanas ainda era problema a resolver.

Entretanto, menos de quatro meses depois, Antônio Francisco Lisboa comparece com o risco de uma nova portada para a igreja de São Francisco, de Vila Rica, pelo qual recebe a importância de 14$400, serviço logo a seguir arrematado pelo mestre-canteiro José Antônio de Brito, embora, toda a escultura em pedra-sabão seja, fora de qualquer dúvida, obra pessoal do mesmo Antônio Francisco Lisboa; importando ainda assinalar que, nas condições do ajuste, se previa o desmonte das ombreiras e verga do portal já feito e o afastamento das janelas do coro, para dar campo à nova composição.

Em que teria consistido esse novo risco, valioso a ponto de justificar modificações de tamanho vulto em obra já meio concluída? Tratava-se, simplesmente, do mesmo risco apresentado e aprovado quatro meses antes em São João del Rei, conforme se poderá verificar pelo seu confronto com a obra realizada em Vila Rica, acrescido, porém, do medalhão de Nossa Senhora encimada pela monumental

I. Santuário de N. S. Bom Jesus de Matozinhos, Congonhas do Campo, Profeta Habacuc, pormenor. 1800-05. (Foto Gautherot).

coroa e ladeado, nos dois cantos extremos da base do triângulo onde se inscreve a composição, por dois "serafins" — os mesmos anjos das sobreportas carmelitas, só que desta vez assentados sobre o entablamento das pilastras que enquadram a portada. Apesar de pequenas diferenças de pormenor que se podem verificar — mormente quanto ao risco das pilastras e respectivo coroamento — sente-se presente, em tudo o mesmo espírito e uma só mão; inclusive certa particularidade relacionada com o sentido geral do movimento plástico predominante na composição, detalhe esse da maior importância, pois não se observa em nenhuma das demais portadas, e que consiste numa ligeira contração nervosa das ombreiras, em determinada altura, como para tomar impulso, galgar a comija, firmar-se nela e nos anos e dali saltar através das tarjas e do medalhão até a coroa, de onde, em seguida, o movimento se espraia lentamente, acompanhando o desenho caprichoso da fita e insinuando-se por entre os demais elementos acessórios da composição, para só então pousar na peanha e fechar-se na chave da verga com os três querubins.

Este recurso, próprio da concepção dinâmica e barroca, também empregado no magistral retábulo franciscano de Ouro Preto, e só utilizado por Antônio Francisco Lisboa, poderia resultar, contraproducente, se aplicado fora de propósito ou executado sem a requerida perícia, dando então a sensação oposta, de esmagamento e depressão; entretanto, realizado com a paixão e mestria de Antônio Francisco, transmite à obra acabada, ainda mesmo quando se trate de lavor de extremo requinte e delicadeza, como no caso dessa portada de Vila Rica, uma tal energia e vibração, que a tornam verdadeiramente inconfundível.

Assim, pois, quem riscou o projeto submetido à apreciação da mesa da irmandade de São Francisco, de São João del Rei, e aprovado no dia 8 de julho de 1774, não foi outro senão o mesmo artista que iria projetar, quatro meses depois, a nova portada da capela franciscana de Vila Rica, ou seja, comprovadamente, Antônio Francisco Lisboa, o Aleijadinho.

Para quem conhece o vulto da obra genial desse artista e a sua vida atormentada e trágica, e tem presente a figura dele, nessa época, quando ainda sadio, tal como é descrito à pagina 23 desta biografia, retrato baseado naturalmente nos informes de sua nora, — a tarefa de analisar esse velho risco se transforma numa experiência verdadeiramente única, pois sabemos agora, graças às revelações dessa apaixonante indagação, que, quando Antônio Francisco Lisboa o

2. Igreja de S. Francisco de Assis, S. João del Rei. Risco original aprovado a 8 de julho de 1774.
(Foto Vosylius).

desenhava, ainda não havia encontrado a solução que se tomaria depois definitiva e consagrada.

Está-se, pois, a devassar a obra do artista em pleno processo de criação e, assim, este risco de portada adquire, pelo calor de vida que ainda encerra e pelo que testemunha, um sentido novo, imprevisto e comovente, por isso que ultrapassa os limites inerentes à sua qualidade de simples desenho.

Mas, como explicar esse brusco processo de integração plástica, do qual resultou a composição definitiva, e como justificar a pressa —. melhor, a precipitação — demonstrada na aplicação e pronta execução desse novo projeto em Vila Rica?

As conclusões cabíveis no caso poderão parecer, à primeira vista, especulação gratuita, mas, conquanto não passem efetivamente de conjetura, são bem fundamentadas e têm fortes probabilidades de corresponder, de fato, à verdade.

A presença de Antônio Francisco Lisboa no Rio de Janeiro foi garantida por Bretas. Deve-se pois admitir como ponto de partida para aquele novo risco a forte impressão que lhe teria causado a vista da portada de pedra de lioz, vinda da metrópole para a igreja dos irmãos terceiros carmelitas do Rio de Janeiro.

Essa bela obra portuguesa, inaugurada em 1761, devia, com efeito, avultar no panorama urbano da cidade naquele tempo, porquanto não havia então nada que, no gênero, se lhe pudesse comparar. Ora, Antônio Francisco Lisboa teve por duas vezes oportunidade de construir portadas carmelitas (Sabará, 1771, e Ouro Preto, 1771-73); conhecedor que fosse, já então, daquela monumental portada, não se compreenderia houvesse ele em ambas as ocasiões desprezado tão sugestivo partido, e que tal ideia ainda não lhe ocorresse quando, em 1774, apresentou o risco de repente, poucos meses depois. Consequentemente, sua primeira, senão única, viagem ao Rio de Janeiro teria sido realizada depois de 8 de julho de 1774; e como já aplicava o novo partido de medalhão em Vila Rica no mês de outubro do mesmo ano, parece óbvio concluir-se ter ocorrido nesse curto intervalo. Tanto mais assim quanto, admitida a presença do artista em São João del Rei por ocasião da apresentação do risco de sua autoria, não se

3. Igreja de S. Francisco de Assis. Ouro Preto. Construída de 1766 a 1776. (Foto Gautherot).

deve estranhar aproveitasse ele o meio caminho andado, estendendo a viagem até aqui.

E foi então que, senhor da nova solução, lhe teria ocorrido a ideia de aplicá-la à portada franciscana, ainda havia pouco insatisfatoriamente resolvida, e de completar a composição com os dois serafins desenvoltamente pousados sobre o entablamento das pilastras, solução própria de arquitetura interna e, talvez por isso mesmo, menos usada nos frontispícios de igreja. A conhecida presunção de que, na portada do Carmo de Vila Rica, Antônio Francisco Lisboa já previra tais figuras é inteiramente infundada, não só porque nesse seu risco de 1774, posterior portanto à referida portada, e onde semelhante reforço plástico era mais necessário, elas ainda não aparecem, como porque não teria passado pela cabeça de nenhum artista, mesmo bisonho, a extravagância de avizinhar quatro figuras de igual "valor" no espaço restrito de uma sobreporta.

Compreende-se assim, o empenho de Antônio Francisco Lisboa em pôr logo em prática sua nova concepção. Mas a capela franciscana de São João del Rei ainda estava em projeto, pois fora apenas aprovada, ao passo que a de Vila Rica se achava em via de conclusão, e a portada prevista no risco de 1766 era mais modesta, presumivelmente nos moldes da de Sabará, que foi a primeira executada. Daí sua decisão de não esperar pelo desenvolvimento da obra de São João e de aplicar desde logo o novo risco ali mesmo em Vila Rica, e a consequente deliberação dos irmãos terceiros, rendidos à beleza do novo risco e à vaidade, pois era muito vivo o espírito de competição entre as irmandades, de desmanchar a obra já feita.

Por onde ainda se confirma caber, de fato, a Antônio Francisco Lisboa a autoria do projeto dessa igreja, porquanto, comprovado como ficou pertencer-lhe o projeto original da igreja homônima de São João del Rei, não seria crível fosse ele empenhar-se a tal ponto para valorizar obra que não a sua, quando no momento já possuía, encaminhada, construção equivalente onde poderia afirmar, sem contraste, a singularidade do seu gênio.

Mas a comprovação de lhe caber a autoria do projeto da igreja ouropretana, não se limita a conclusões assim de caráter circunstan-

4. Igreja de S. Francisco de Assis, S. João del Rei. Portada, pormenor do risco aprovado em 8 de julho de 1774. (Foto Vosylius).

cial e subjetivo; há nesse mesmo risco de São João del Rei provas materiais decisivas: dois pormenores que, como no caso referido anteriormente da contração das ombreiras da portada, não se encontram em nenhuma outra igreja mineira desse período, senão em desenho, neste risco, e executados naquela igreja de Ouro Preto, e que, são, primeiro, os "nós" a meia altura da sineiras, no visível propósito de marcar plasticamente o ponto de fixação do contrapeso dos sinos; e segundo, a verga reta de uma porta, vista na fachada lateral do projeto de São João del Rei, semelhante às cegas das duas portas cegas do átrio da igreja de Vila Rica, e que naturalmente participavam, juntamente com o portal removido, da composição original do frontispício, parecendo depois fora de escala e sem sentido na vizinhança da nova portada monumental, motivo por que foram emparedadas. Tanto num caso como noutro, a coincidência é significativa.

O risco de São João del Rei é ainda revelador quanto à intervenção de Antônio Francisco Lisboa na obra do Carmo de Ouro Preto, projetada sob a responsabilidade de seu pai pouco tempo antes de sua morte, intervenção que, ao contrário do que se supõe, não se limitou à portada, mas foi decisiva, pois implicou em modificações de tal magnitude, que se tomou necessária a elaboração de novo risco para todo o corpo da igreja e frontispício, a fim de "corrigir os erros" do anterior, e que ainda afetaram, conforme registra a documentação já publicada pela DPHAN, a parede do arco da capela-mor e os corredores de comunicação da nave com a sacristia; e todas elas visando adaptar a obra ainda em começo ao estilo pessoal de Antônio Francisco Lisboa, que, por sinal, figurou na louvação levada a efeito para a retificação do ajuste antigo, à vista do novo projeto e respectivas condições, na qualidade de técnico incumbido da "medição do risco", ou seja, precisamente, na função de arquiteto. Modificações que teriam consistido principalmente no seguinte: introdução de chanfros, lateralmente, na parede do arco-cruzeiro, repetindo-se assim a solução adotada na igreja franciscana local, projetada, conforme vimos, por Antônio Francisco Lisboa, e do que resultou a disposição peculiar do telhado do corpo da igreja na empena correspondente ao arco; feitura do barrete segundo novo desenho; aboli-

5. Igreja de S. Francisco de Assis, Ouro Preto. Portada arrematada a 28 de outubro de 1774. (Foto Gautherot).

ção dos arcos laterais destinados a altares, no corpo da igreja; supressão dos grandes arcos superpostos do coro, projetados no risco antigo à semelhança dos que se haviam construído na igreja de São Francisco, em favor da nova linha fortemente ondulada, tal como se faria depois, com apuro impecável, no Carmo do Sabará — solução tão revolucionária, que os mestres construtores se negaram a executá-la, muito embora, posteriormente, pretendessem voltar à desenvoltura do risco original, resultando daí o desencontro que ainda hoje se vê; alteamento e arredondamento das torres; rebaixamento do óculo da empena, a fim de permitir sua inclusão na composição do frontispício — o que constitui uma das características fundamentais do partido, desenvolvido e valorizado por Antônio Francisco Lisboa.

Ora, no risco elaborado alguns anos depois para a igreja de São João Del Rei, vamos encontrar a confirmação de que tais inovações foram introduzidas pelo próprio Antônio Francisco Lisboa, o qual, na verdade, projetou de novo a igreja iniciada segundo a traça de seu pai.

Não somente a silhueta geral do monumento e as proporções esguias das torres, da empena e do frontispício revelam identidade de propósitos e a mesma comodulação elegante, como ainda três outros indícios veementes, além dos assinalados acima, afirmam a mesma filiação: primeiro, a ondulação extremamente graciosa da fachada, inovação repetida no risco com características semelhantes; em seguida, as "pirâmides" das torres, expressamente mencionadas na documentação já referida, cujos perfis e modenatura foram também reproduzidos no risco de São João; e, finalmente, os óculos sobre as janelas dos corredores — tardia reminiscência de gosto brunelleschiano — coisa jamais vista nas construções locais, também figuram, com a mesma desconcertante insistência, no pavimento térreo dos corpos laterais da fachada do projeto sanjoanense.

Mas a sequência de esclarecimentos contida neste risco precioso não pára aí.

O confronto da sua empena com a da igreja de Nossa Senhora do Carmo, de Sabará, por exemplo, é revelador. E aqui já não é somente o partido geral da composição que é o mesmo, senão a distribuição das massas, que é semelhante, e o movimento das curvas e contracurvas, que obedece a um ritmo idêntico, notando-se ainda a afinida

6. Igreja de S. Francisco de Assis, S. João del Rei. Empena e campanário, pormenor do risco aprovado em 1774. (Foto Vosylius).

de curiosíssimos pormenores. O que, por um lado, reforça a conclusão anterior, quanto à autoria do risco de São João Del Rei, e, por outro, supre as lacunas da documentação, quanto à natureza da obra realizada por Antônio Francisco Lisboa em Sabará até 1774, data gravada nos coruchéus do alto da empena, ou seja precisamente o ano em que foi aprovado o risco de São João.

Por onde também se vê que, ao conceber esse risco, havia Antônio Francisco Lisboa apenas concluído aquela obra monumental.

Mas é necessário conhecer *de visu* a erudição e o ímpeto poderoso dessa maravilhosa empena de serpentina verde-escura, cor de bronze, entalada entre as torres pesadas e rudes do mestre Tiago Moreira, para apreender devidamente que não se tratava ali, naquele desenho, de simples anseio ou sugestão ainda o seu tanto indefinida na imaginação do artista, mas da expressão segura de uma realidade viva, e do seu desenvolvimento em termos ainda mais apurados e palpitantes, pois as diferenças observadas entre o risco e a empena construída decorrem da própria evolução natural das formas, evolução que se traduz no estilo peculiar de cada época. Em Sabará, ainda prevalece a ênfase o seu tanto insolente do estilo Luís XIV, D. João V, em termos portugueses; no risco, já se prenuncia certa graça irregular e petulante, própria do estilo Luís XV, ou D. José.

É de lamentar-se não haja podido Antônio Francisco Lisboa realizar essa nova versão de sua empena, construída somente em 1809, por Aniceto de Sousa Lopes, com algumas reminiscências do risco antigo, mas completamente desfigurada.

Aliás, esse risco testemunha as vicissitudes por que passou a obra, verificando-se, pelo seu confronto com o da fachada lateral, já referido, que o projeto era de proporções monumentais, pois comportava ainda, à frente, dois corpos dispostos simetricamente em quadra, presumivelmente para neles se instalarem a administração e o hospital da irmandade. E, pormenor deveras curioso, também a sacristia fora localizada à frente, ligada à capela-mor por um corredor, e não nos fundos ou num dos lados, na forma usual, o que, parecendo à primeira vista um despropósito, se justificava plenamente, tanto do ponto de vista funcional como no que respeita à monumentalidade. É que,

7. Igreja de N. S.ª do Carmo, Sabará. Frontispício e empena. 1771-74 (Foto Vosylius).

tratando-se de uma capela de ordem terceira, a sacristia não se destinava apenas ao sacerdote oficiante, mas à totalidade dos irmãos, os quais se haveriam de paramentar antes de ocuparem os respectivos lugares no corpo da igreja; assim, pois, a solução mais lógica e natural não seria a de forçar a circulação de todos através da capela-mor ou de um corredor até à nave, mas a de para aí conduzi-los diretamente por uma porta travessa, disposta por baixo do coro, na face oposta ao batistério. Tal disposição apresentava ainda a vantagem de permitir acesso fácil e condigno à sacristia, por estar contígua à entrada principal do templo.

Ora, pela documentação existente, sabe-se que as obras tiveram início pela capela-mor, só se atacando as do corpo depois, e o frontispício ainda mais tarde; daí a necessidade de se fazer uma sacristia "provisória", que deveria ser de adobes, mas que, por sugestão de alguns irmãos — talvez pouco simpáticos à inovação da sacristia à frente, foi construída mesmo de pedra e cal, justificando-se tão extravagante iniciativa com o futuro aproveitamento do material empregado quando se fizesse a sacristia definitiva à frente, "conforme mostra o risco", o que, afinal, como já era de prever, nunca se fez.

Não ficaram, porém nisto as alterações que o risco sofreu por iniciativa de Francisco de Lima, mestre-canteiro incumbido da superintendência geral das obras. É que, administrador zeloso e construtor competente, além de exímio na arte do seu ofício, ele talvez sobrestimasse tais aptidões, pretendendo estar igualmente em dia com as novas concepções artísticas do seu tempo, muito embora se revelasse afinal, no fundo, mal preparado para compreendê-las no seu justo sentido e alcance, ou para assimilar-lhes o conteúdo secreto, e se mostrasse ainda incapaz de acompanhar, sem tropeços, a agilidade mental, as reações imprevistas e as aparentes contradições próprias do temperamento e da maneira de fazer de um artista da classe de Antônio Francisco Lisboa. Eis porque, embora incumbido, por delegação expressa da mesa da irmandade, de procurar o arquiteto "onde estivesse", a fim de lhe pedir o risco do retábulo da capela-mor executado, em seguida, com exemplar perfeição, pelo entalhador Luís Pinheiro —, tomava amiúde a iniciativa de corrigir e melhorar o pro-

8. Igreja de N. S.ª do Carmo, Ouro Preto. Construção iniciada em 1767, modificada em 1770 e concluída em 1780. (Foto Gautherot).

jeto por sua própria conta e risco. Ora, ainda quando, em determinados casos, tais alterações fossem necessárias ou vantajosas, eram sempre indevidas; não que o projeto fosse isento de falhas, e Antônio Francisco Lisboa, se lhe houvesse acompanhado de perto a execução, teria certamente modificado muita coisa, pois era artista demais para ater-se, durante anos, ao que projetara, mas porque, na qualidade de executante da concepção de outrem, de fato não lhe cabia a iniciativa. Cioso de sua técnica e obstinado de opinião, faltava ao mestre Francisco de Lima, segundo parece, a indispensável docilidade para sujeitar-se passivamente à supervisão de um arquiteto, muito menos de um arquiteto com personalidade forte e impulsiva e de gênio "agastado", como teria sido Antônio Francisco Lisboa.

Foi assim que alterou os capitéis das pilastras do arco-cruzeiro, modificou o desenho dos óculos da nave, cujas paredes "ondulou" à feição do frontispício, e substituiu no telhado as tacaniças correspondentes às paredes do arco e da capela-mor por empenas à moda tradicional e de risco a um tempo banal e pretencioso. Sucede, porém, que o emprego de tacaniças, tais como essas do projeto de São João Del Rei, bem como aquelas figuradas no risco original que serviu de base à arrematação da obra franciscana de Ouro Preto, e que foram de fato construídas ali — embora nas "condições" constasse a ressalva de que se fizesse o telhado de empena e não como se mostrava no referido risco —, não ocorre nas demais igrejas desse período, senão apenas nestas, cujo traço se reconhece ser de Antônio Francisco Lisboa, e no Carmo de Ouro Preto, onde a intervenção dele foi decisiva. Pode-se, pois, considerar o uso da tacaniça nos telhados do corpo da capela-mor, como outra característica do estilo pessoal de Antônio Francisco Lisboa e, portanto, no caso em apreço, mais uma confirmação da sua autoria.

As desinteligências entre ambos, motivadas, é de presumir-se, por tais desentendimentos de serviço, teriam culminado por volta de 1787-90, período no qual, com o frontispício da igreja ainda por fazer, Francisco de Lima passou a dirigir as obras da nova fachada e torres da igreja carmelita da mesma cidade, construída duas braças à frente da frontaria primitiva e em obediência ao estilo peculiar de Antônio Francisco Lisboa, senão mesmo, inicialmente, segundo risco seu.

9. Igreja de N. Sª do Carmo, Ouro Preto. Pormenor do frontispício. 1771-73. (Foto Gautherot).

10. Igreja de N. S: do Carmo, Ouro Preto. Lavatório da sacristia, datado de 1776. (Foto. O. Braga).

11. Igreja de N. S: do Carmo, Ouro Preto. Lavatório da sacristia, pormenor. (Foto O. Braga).

Pois, com efeito, nessa nova emergência, Francisco de Lima cercou-se de cuidados especiais visando garantir sua liberdade de ação, não somente no sentido de interpretar aquilo que no risco não se mostrasse com a necessária clareza, como no de alterá-lo conforme melhor lhe parecesse — tudo no intuito evidente de evitar a repetição daquelas ocorrências. E, como em São Francisco, também aqui não tardaram as alterações. Assim, por exemplo, as torres, que no risco se mostravam redondas, foram feitas oitavadas, porque assim ficariam "mais vistosas e engraçadas", e na bela escultura do frontispicio, a tarja com as armas da ordem, originalmente prevista, talvez, entre o medalhão e a coroa, foi transferida para a peanha, sobre a verga do portal.

Nessa elegante portada, onde, como ocorreu também no Carmo de Ouro Preto, a escultura da sobreporta é obra pessoal de Antônio Francisco Lisboa, inclusive os dois serafins, enquanto o mais foi trabalhado presumivelmente pelo próprio Francisco de Lima — é que se vai ainda encontrar a aplicação de outro pormenor contido no precioso risco franciscano: as duas pilastras que ladeiam o portal reproduzem fielmente o perfil e demais minúcias da pilastra desenhada nesse projeto.

Assim, pois, quando chegou a vez de executar afinal a portada franciscana do risco aprovado em 1774, data que se vê lavrada nos plintos das respectivas pilastras, o repertório dos elementos originais ali figurados já fora todo ele utilizado. Tratava-se pois de repetir com ligeiras variantes o mesmo tema já executado, com requintes de graça e de espontaneidade, cerca de dezesseis ou de vinte anos antes — pois a época deve corresponder à da conclusão do retábulo de Ouro Preto. Como era de esperar-se, a obra de São João, apesar de algumas inovações engenhosas, tais como a cabeça do Senhor na chave de verga, e do recurso a soluções próprias da talha de retábulos — as pilastras, por exemplo —, ressente-se de um virtuosismo de execução já o seu tanto amaneirado, e se apresenta sobrecarregada de uma opulência ornamental ostensiva, muito diversa da energia, da agilidade e vibração características da comovente portada ouropretana.

É em Tiradentes, finalmente, no risco do novo frontispício aposto em 1810 à velha estrutura da bela matriz de Santo Antônio, obra da primeira metade do século anterior — risco este documentadamente da autoria de Antônio Francisco Lisboa — que se registra a derradeira manifestação do apego do artista às proporções elegantes e a determinados pormenores do projeto aprovado em São João Del Rei, a 8 de julho de 1774, pelos irmãos terceiros de São Francisco. Apesar da execução, de qualidade inferior, dessa obra posterior à sua morte, a igreja ainda conserva na silhueta e no conjunto a marca inconfundível do estilo pessoal do Aleijadinho. Além disso, mostra também um último pormenor significativo e ainda não aproveitado daquele antigo projeto: o desenho e a disposição dos relógios, e o modo especial de enquadrá-los na composição. Aliás, no interior dessa matriz riquíssima,

12. Igreja de S. Francisco de Assis. Ouro Preto. Púlpito na aduela do arco-cruzeiro, lado do Evangelho. 1771-72 (Foto O. Braga).

também deve ser a tribuído ao artista e seus oficiais o risco e execução da magnífica balaustrada do corpo da igreja — cujo desenho foi repetido no adro — embora não se conheça qualquer documento comprobatório.

13. Igreja de S. Francisco de Assis, Ouro Preto. Púlpito, lado da Epístola, pormenor. (Foto Gautherot)

TRAÇOS BIOGRÁFICOS RELATIVOS AO FINADO ANTÔNIO FRANCISCO LISBOA[1]

DISTINTO ESCULTOR MINEIRO, MAIS CONHECIDO ELO APELIDO DE ALEIJADINHO

Antônio Francisco Lisboa nasceu a 29 de agosto de 1730,[2] no arrabalde desta cidade[3] que se denomina — o Bom Sucesso, pertencente à freguesia de Nossa Senhora da Conceição de Antônio Dias. Filho natural de Manuel Francisco da Costa Lisboa, distinto arquiteto português, teve por mãe uma africana, ou crioula, de nome Isabel, e escrava do mesmo Lisboa, que a libertou por ocasião de fazê-lo batizar.

Antônio Francisco era pardo escuro, tinha voz forte, a fala arrebatada, e o gênio agastado: a estatura era baixa, o corpo cheio e mal configurado, o rosto e a cabeça redondos, e esta, volumosa, o cabelo preto e anelado, o da barba cerrado e basto, a testa larga, o nariz regular e algum tanto pontiagudo, os beiços grossos, as orelhas grandes, e o pescoço curto. Sabia ler e escrever, e não consta que tivesse frequentado alguma outra aula além da de primeiras letras, embora alguém julgue provável que tivesse frequentado o latim.

O conhecimento que tinha de desenho, de arquitetura e escultura, fora obtido na escola prática de seu pai[4] e talvez na do desenhista pintor João Gomes Batista[5], que na corte do Rio de Janeiro recebera as lições do acreditado artista Vieira" e era empregado como abridor de cunhos na casa da fundição de ouro desta capital.

Depois de muitos anos de trabalho, tanto nesta cidade, como fora dela, sob as vistas e risco de seu pai, que então era tido na província como o primeiro arquiteto[7], encetou Antônio Francisco a sua carreira de mestre de arquitetura e escultura, e nesta qualidade excedeu a todos os artistas deste gênero, que existiram em seu tempo. Até a idade de 47 anos, em que teve um filho natural, ao qual deu o mesmo nome de seu pai[8], passou a vida no exercício de sua arte, cuidando sempre em ter boa mesa, e no gozo da perfeita saúde; e tanto que era visto muitas vezes tomando parte nas danças vulgares. De 1777 em diante, as moléstias, provindas talvez em grande parte de excessos venéreos, começaram a atacá-lo fortemente[9]. Pretendem uns que ele sofrera o mal epidêmico, que, sob o nome de — Zamparina —[10], pouco antes havia grassado nesta província, e cujos resíduos, quando o doente não sucumbia, eram quase infalíveis deformidades e paralisias; e outros que nele se havia complicado o humor gálico com o escorbútico. O certo é que, ou por ter negligenciado a cura do mal no seu começo, ou pela força invencível do mesmo, Antônio Francisco perdeu todos os dedos dos pés, do que resultou não poder andar senão de joelhos; os das mãos atrofiaram-se e curvaram, e mesmo chegaram a cair, restando-lhe somente, e ainda assim quase sem movimento, os polegares e os índices. As fortíssimas dores que de contínuo sofria nos dedos, e a acrimônia do seu humor colérico o levaram por vezes ao excesso de cortá-los ele próprio, servindo-se do formão, com que trabalhava"! As pálpebras inflamaram-se, e permanecendo neste estado, ofereciam à vista sua parte interior; perdeu quase todos os dentes, e a boca entortou-se, como sucede frequentemente ao estuporado; o queixo e o lábio inferior abateram-se um pouco; assim, o olhar do infeliz adquiriu certa expressão sinistra e de ferocidade, que chegava mesmo a assustar a quem quer que o encarasse inopinadamente. Esta circunstância, e a tortura da boca, o tomavam de um aspecto asqueroso e medonho".

*. Colocava convenientemente o formão sobre o dedo que tinha de cortar e ordenava a um de seus escravos, que eram oficiais ou aprendizes de talha, que sobre ele desse uma forte pancada de macete.

**. Conta-se que, tendo comprado um preto boçal de nome Januário, atentara este contra a própria vida, servindo-se de uma navalha, tendo dito antes que o fazia para não se ver obrigado a servir a um senhor tão feio. O mal foi evitado a tempo e mais tarde foi este preto um bom escravo.

14. Igreja de S. Francisco de Assis, Ouro Preto. Lavatório da sacristia, datado de 1777-79. (foto Gautherot).

Quando em Antônio Francisco se manifestaram os efeitos de tão terrível enfermidade, consta que certa mulher de nome Helena, moradora na rua do Areão ou Carrapicho, desta cidade, dissera que ele havia tomado uma grande dose de cardina[***] (assim denominou a substância a que se referia) com o fim de aperfeiçoar seus conhecimentos artísticos, e que daí lhe havia provindo tão grande mal.

A consciência que tinha Antônio Francisco da desagradável impressão que causava sua fisionomia o tornava intolerante, e mesmo iroso para com os que lhe parecia observarem-no de propósito; entretanto, era ele alegre e jovial entre as pessoas de sua intimidade.

Sua prevenção contra todos era tal, que, ainda com as maneiras agradáveis de tratá-lo e com os próprios louvores tributados à sua perícia de artista, ele se molestava, julgando irônicas e expressivas de mofa e escárnio todas as palavras que neste sentido lhe eram dirigidas.

Nestas circunstâncias costumava trabalhar às ocultas debaixo de uma tolda, ainda mesmo que houvesse de fazê-lo dentro dos templos. Conta-se que um general (talvez D. Bernardo José de Lorena)", achando-se em certo dia a presenciar de perto o seu trabalho, fora obrigado a retirar-se pelo incômodo que lhe causavam os granitos da pedra em que escultava o nosso artista e que este deliberadamente fazia cair sobre o importuno espectador.

Possuía um escravo africano de nome Maurício, que trabalhava como entalhador, e o acompanhava por toda parte; era este quem adaptava os ferros e o macete às mãos imperfeitas do grande escultor, que desde esse tempo ficou sendo conhecido pelo apelido de — Aleijadinho. Tinha um certo aparelho de couro, ou madeira, continuamente aplicado aos joelhos, e neste estado admirava-se a coragem e agilidade com que ousava subir pelas mais altas escadas de carpinteiro.

Maurício era sempre meeiro com o Aleijadinho nos salários que este recebia por seu trabalho. Era notável neste escravo tanta fidelidade a seus deveres, sendo que entretanto tinha por senhor um indivíduo até certo ponto fraco e que muitas vezes o castigava rigorosamente com o mesmo macete que lhe havia atado às mãos. Além de

***. Pretendem alguns que a charlataneria desse tempo anunciava à venda uma substância que tinha a virtude de aumentar as forças da inteligência, ou de extinguir a capacidade de sentir por um órgão, e dar assim ocasião a que se tomasse mais ampla a que era relativa aos outros.

15. Igreja de N. S.ª do Carmo, S. João del Rei, Portada. 1794. (Foto Vosylius).

16. Igreja de S. Francisco de Assis, S. João del Rei. Portada. Circa 1795. (Foto Vosylius).

17. Igreja de S. Francisco de Assis, S. João del Rei. Pormenor da portada. (Foto Vosylius)

Maurício, tinha ainda o — Aleijadinho — dois escravos de nomes Agostinho[12] e Januário; aquele era também entalhador, e este quem lhe guiava o burro em que andava e nele o colocava.

Ia à missa sentado em uma cadeira tirada de um modo particular por dois escravos, mas quando tinha de ir a matriz de Antônio Dias, a que estava contígua a casa em que residia, era levada as costas de Januário. Depois da fatal enfermidade que o acometeu, trajava uma sobrecasaca de pano grosso azul que lhe descia até abaixo dos joelhos, calça e colete de qualquer fazenda, calçava sapatos pretos de forma análoga aos pés, e trazia, quando a cavalo, um capote também de pano preto com mangas, gola em pé e cabeção, e um chapéu de lã parda braguês, cujas largas abas estavam presas à copa por dois colchetes.

O cuidado de furtar-se às vistas de pessoas estranhas dera-lhe o hábito de ir de madrugada para o lugar que tinha de trabalhar e voltar a casa depois de fechada a noite; e, quando devia fazê-lo antes, notava-se-lhe algum esforço para que a marcha do animal fosse apressado e assim se frustasse ao empenho de alguém que sobre ele quisesse demorar suas vistas.

*

Entrando-se agora na apreciação do mérito do — Aleijadinho — como escultor e entalhador, tanto quanto pode fazê-lo quem não é profissional na matéria, e somente à vista das obras que deixou na capela de S. Francisco de Assis, desta cidade, cuja planta é sua[13], reconhece-se que ele mereceu a nomeada de que gozou, atendendo-se principalmente ao estado das artes no seu tempo, à falta que sentiu de mestres científicos[14] e dos princípios indispensáveis a quem aspira a máxima perfeição nos referidos gêneros, e sobretudo as desvantagens contra as quais ultimamente lutava em consequência da perda de membros necessários à execução de seus trabalhos.

São obra do — Aleijadinho — a talha e a escultura praticada no frontispício[15] da referida capela, os dois púlpitos[16], o chafariz da

18. Igreja de N. S. Bom Jesus de Matozinhos, ou S. Miguel e Almas, Ouro Preto. Pormenor da portada. Circa 1778. (Foto anônimo).

sacristia[17], as imagens das Três Pessoas da Santíssima Trindade e dos Anjos que se veem no cimo do altar-mor, a talha deste e bem assim a escultura alusiva à ressurreição de Cristo, que se vê na frente da urna do altar-mor, a figura do Cordeiro que se acha sobre o Sacrário[18], e finalmente toda a escultura do teto da capela-mor[19].

Apenas atenta-se para estes trabalhos, depara-se logo com o gênio incontestável do artista, mas não se deixa de reconhecer também que ele foi melhor inspirado do que ensinado e advertido; porquanto o seu desenho ressente-se às vezes de alguma imperfeição[20].

No relevo que representa — São Francisco de Assis recebendo as chagas — vê-se que ele tem no corpo e no semblante a atitude e a expressão próprias de uma situação tão importante. Junto do Santo vê-se esculpida uma açucena, cujas hastes caem tão lânguidas e pois tão naturalmente que por isso não se pode deixar de vitoriar o artista.

Na frente do púlpito que fica ao lado esquerdo do templo para quem nele entra pela porta principal, vê-se Jesus Cristo sobre uma barca pregando às turbas no mar de Tiberíade. Os vultos que representam o povo têm o ar de quem presta séria atenção, mas o Salvador não tem aí a majestade que se divisava sempre no seu rosto[21].

Na frente do púlpito do lado oposto acha-se representado um outro assunto tirado do Velho Testamento. É o Profeta Jonas no ato de ser lançado ao mar, e prestes a ser engolido por uma baleia, que faminta o aguarda.

Eis o resumo da respectiva legenda:

Jonas achava-se embarcado quando sobreveio uma tempestade que ameaçava submergir o navio, e tendo alguém pensado que era castigo do Senhor, infligido a algum pecador que nele se achasse, o Profeta denunciou o delito que havia cometido, deixando de ir pregar na cidade de Nínive, como o mesmo Senhor lhe havia ordenado, e pediu que o lançassem ao mar, a fim de serenar a tempestade.

Este grupo parece bem desempenhado[22].

Aos lados de cada um dos púlpitos veem-se dois dos quatro Apóstolos Evangelistas, cujos nomes são indicados pelas figuras alegóricas da visão do Profeta Ezequiel, a saber, o Anjo junto a S. Mateus, o leão a S. Marcos, o boi a S. Lucas, e a águia a S. João.

19. Igreja de S. Francisco de Assis, S. João del Rei. Capela-mor. Risco de 1781. Execução dos mestres entalhadores Luís Pinheiro de Souza e José Maria da Silva. (Foto Vosylius).

20. Igreja matriz de N. S.ª do Bom Sucesso, Caeté. Altar de S. Francisco de Paula, pormenor. 1768? (Foto Hess).

21. Igreja matriz de N.S.ª do Bom Sucesso, Caeté. Altar de S. Francisco de Paula, pormenor. (Foto Hess).

Todos eles têm o ar de quem recebe as divinas inspirações.

No chafariz vê-se bem esculpida a imagem da Fé, a qual, com a expressão vaga de cegueira que lhe é própria, apresenta num retábulo o seguinte pentâmetro:

Hoec est ad Coelum quae via ducit oves.

Abaixo, e aproximadamente à pia, veem-se, de um e outro lado, mãos, pescoço e rosto de um Cervo, por cuja boca deve correr a água. O retábulo que os encobre oferece à vista o seguinte hexâmetro:

Ad Dominum curro, sitiens, ut cervus ad undas.

Juízo igualmente favorável se deve fazer da execução das demais imagens e esculturas, em vulto ou em relevo, que saíram das mãos do mesmo artista, e acham-se na referida capela.

Também é obra do — Aleijadinho — a imagem de S. Jorge[23], que anualmente costuma sair a cavalo na procissão de Corpus Christi, nesta cidade.

A respeito da encomenda desta obra deu-se o seguinte fato:

O general D. Bernardo José de Lorena, atendendo a que era mui pequena a imagem do dito Santo, que então havia, deu ordem a que viesse à sua presença o Aleijadinho, que devia ser encarregado de construir uma outra. O estatuário compareceu em palácio depois de muitas instâncias para o fazer. Logo que o viu o coronel José Romão, ajudante de ordens do general, exclamou ele, recuando: feio homem!

Ao que disse em tom áspero Antônio Francisco, ameaçando retirar- se: é para isso que S. Exa. ordenou-me que aqui viesse?

O general, que logo apareceu, tranquilizou o artista e pôde entrar com ele em detalhes relativos à imagem de S. Jorge, que declarou devia ser de grande vulto, e tendo tomado para exemplo o do dito ajudante de ordens, que se achava presente, o Aleijadinho, voltando-se para este e retribuindo a ofensa dele, disse duas vezes, meneando a cabeça e com ar displicente: forte arganaz!, forte arganaz!

Pretende-se que quando o artista deu por acabada a imagem não houve quem nela deixasse de reconhecer uma cópia fiel do dito José Romão, que, formando o mesmo juízo, em vão opôs-se a que ela saísse nas procissões[24].

Acrescentam a isto que o talento do retratista era nele mui pronunciado, e que várias outras imagens construiu de propósito, representando exatamente vulto e feições de certas pessoas.

*

Nas esculturas do Aleijadinho observa-se sempre mais ou menos bem sucedida a intenção de um verdadeiro artista, cuja tendência é para a expressão de um sentimento ou de uma ideia, alvo comum de todas as artes[*]. Faltou-lhe, como já se disse, o preceito da arte, mas sobrou-lhe a inspiração do gênio e do espírito religioso[**].

*. A escultura, como as demais artes, começou a ser mais sentimental e ideal em França no século XVII, depois que a filosofia espiritualista de Descartes prevaleceu sobre a sensualista de Locke.

**. Entusiasta da escritura sagrada, sua leitura favorita era a Bíblia. Também se diz que a de autores em medicina.

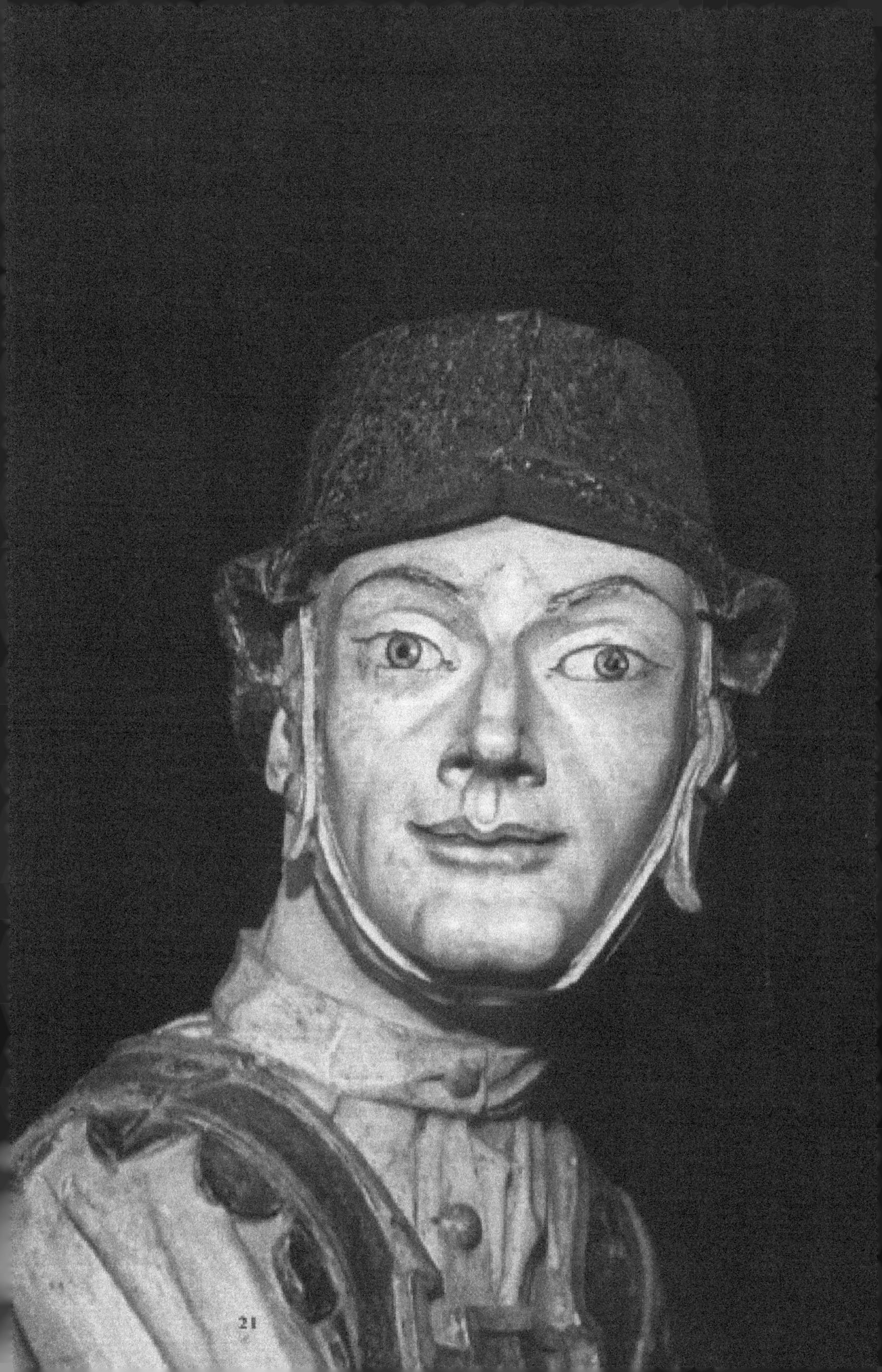

21

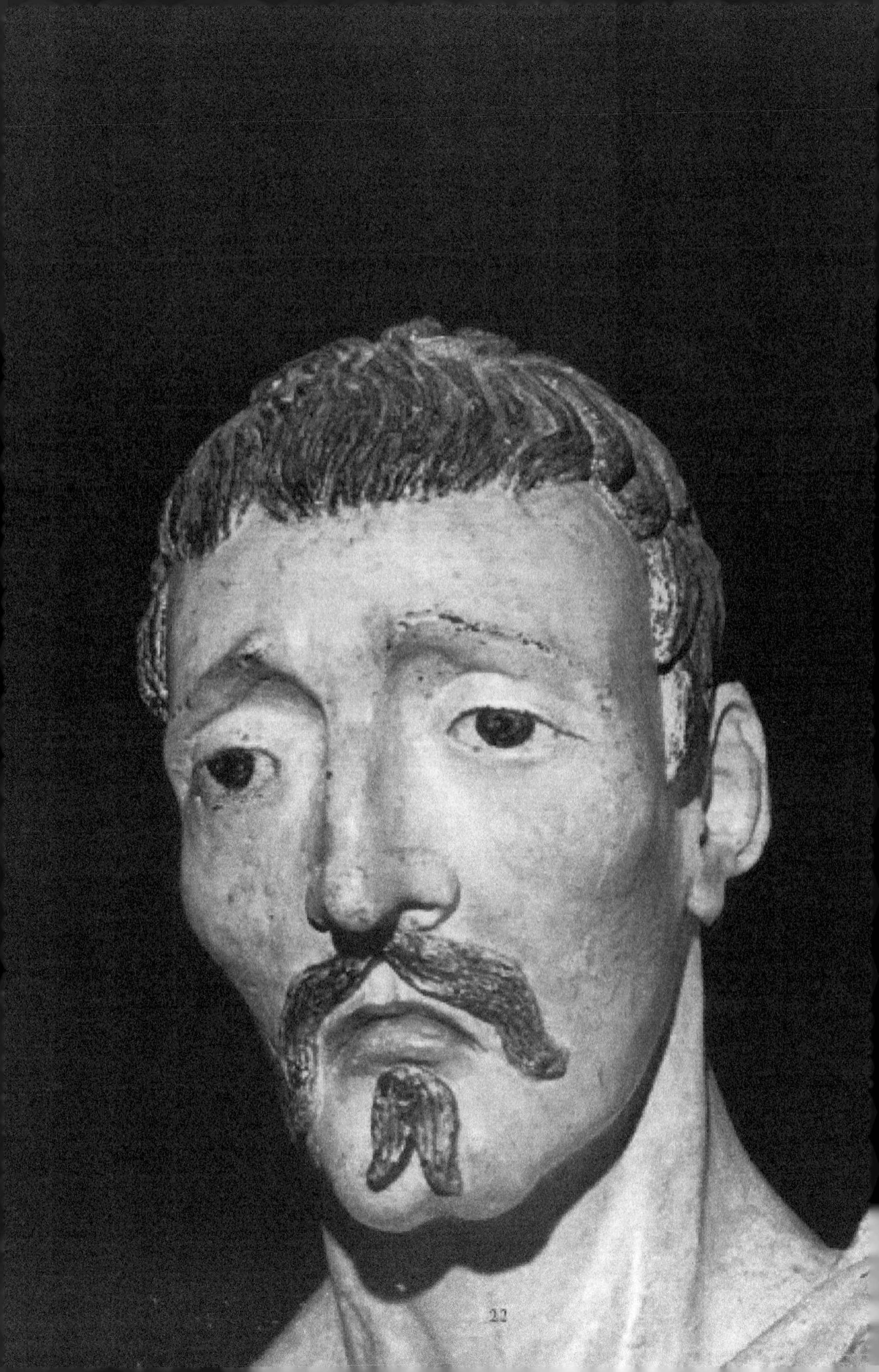

22. Igreja de N. S.ª do Rosário, Santa Rita Durão (antigo Inficcionado).
Altar de Santa Ifigênia. 1784. (Foto Vosylius).

23. Igreja de N.S.ª do Carmo, Sabará. Grade. 1781 (Foto Hess).

24. Igreja de N. S.ª do Carmo, Sabará. Coro. 1781-83 (Foto Gautherot).

No ano de 1790 era este artista julgado como se verá do seguinte trecho de um artigo escrito pelo capitão Joaquim José da Silva, 2° vereador[25] do senado da câmara da cidade de Mariana no dito ano, e que se lê no respectivo livro de registro de fatos notáveis[26], estabelecido pela ordem régia de 20 de junho de 1782[27]:

"A matriz de Ouro Preto, arrematada por João Francisco de Oliveira[28] pelos anos de 1720, passa por um dos edifícios mais belos, regulares e antigos da comarca. Este templo, talvez desenhado pelo sargento-mor engenheiro Pedro Gomes[29], foi construído e adornado interiormente por Antônio Francisco Pombal[30], com grandes colunas da ordem coríntia, que se elevam sobre nobres pedestais a receber a cimalha real com seus capitéis e ressaltos ao gênio de Scamozzi[31],

Com a maior grandeza e soberba arquitetura traçou Manuel Francisco Lisboa[***], irmão daquele Pombal, de 1727 por diante, a igreja matriz da Conceição, da mesma vila", com 12 ou 13 altares e arcos majestosos, debaixo dos preceitos de Vignola. Nem é inferior à catedral matriz do Ribeirão do Carmo, arrematada em 1734 por Antônio Coelho da Fonseca", cujo prospecto e fachada correspondem à galeria, torres e mais decorações de arte. Quem entra pelo seu pórtico e observa a distribuição dos corredores e naves, arcos da ordem compósita, janela, óculos e barretes da capela-mor, que descansam sobre quatro quartões ornados de talha, capitéis e cimalha lavrada, não pode desconhecer a beleza e exação de um desenho tão bem pensado. Tais são os primeiros modelos em que a arte excedeu a matéria.

Pelos anos de 1715 ou 1719 foi proibido o uso do cinzel para se não dilapidarem os quintos de Sua Majestade, e por ordem régia de 20 de agosto de 1738 se empregou o escopro de Alexandre Alves Moreira[35] e seu sócio na cantaria do palácio do governo, alinhado toscamente pelo engenheiro José Fernandes Pinto Alpoim[36] com baluartes, guaritas, calabouço, saguão e outras prevenções militares.

***. Embora a diferença do agnome, há fundamento para dizer-se que o nome Manuel Francisco Lisboa, e o de Manuel Francisco da Costa, que se acha no assento de batismo relativo ao Aleijadinho, pertencem ao mesmo indivíduo. No dito assento suprimiu-se o cognome Lisboa, e no trecho que acima se transcreve, o agnome Costa. O nome, pois, do pai do Aleijadinho era - Manuel Francisco da Costa Lisboa"

25. Igreja de S. Francisco de Assis, Ouro Preto. Retábulo, pormenor. 1790-94: (Foto Gautherot).

Nesta casa forte[37] e hospital de misericórdia[38], ideada por Manuel Francisco Lisboa com ar jônico, continuou este grande mestre as suas lições práticas de arquitetura que interessaram a muita gente[39].

Quanto porém, excedeu a todos no desenho o mais doce e mimoso João Gomes Batista, abridor da fundição, que se educou na Corte com o nosso imortal Vieira; tanto promoveu a cantaria José Ferreira dos Santos na Igreja do Rosário dos Pretos de Mariana[40], por ele riscada; e nas igrejas de S. Pedro dos Clérigos e Rosário de Ouro Preto, delineadas por Antônio Pereira de Sousa Calheiros[41] ao gosto da rotunda de Roma. Com este José Pereira se ilustraram outro José Pereira Arouca, continuador do seu desenho[42] e obra da ordem 3ª desta cidade[43], cuja esbelta cadeia se deve à sua direção[44] e Francisco de Lima, hábil artista[45] de outra igreja Franciscana do Rio das Mortes[46]. O aumento da arte se afigura de sorte que a matriz de Caeté, feita por Antônio Gonçalves Barcarena[47], debaixo do risco do sobredito Lisboa[48], cede nas decorações e medidas à matriz de Morro Grande, delineada por seu filho Antônio Francisco Lisboa[49], quanto este homem se excede mesmo no desenho da indicada igreja do Rio das Mortes[50], em que se reúnem as maiores esperanças.

Este templo, e a suntuosa cadeia de Vila Rica, começada por um novo Manuel Francisco, em 1785[51], com igual segurança e majestade, me levariam mais longe se os grandes estudos e modelo de escultura feitos pelo filho e discípulo do antigo Manuel Francisco Lisboa e João Gomes Batista não prevenissem a minha pena.

Com efeito, Antônio Francisco, o novo Praxíteles, é quem honra igualmente a arquitetura e escultura. O gosto gótico de alguns retábulos transferidos dos primeiros alpendres e nichos da Piedade já tinha sido emendado pelo escultor José Coelho de Noronha[52], e estatuário Francisco Xavier[53], e Felipe Vieira[54], nas matrizes desta cidade e Vila Rica.

Os arrogantes altares da catedral, cujas quartelas, colunas atlantes, festões e tarjas respiram o gosto de Frederico; a distribuição e talha do coro do Ouro Preto relevada em partes, as pilastras, figuras e ornamentos da capela-mor, tudo confirma o melhor gosto do século passado.

26. Antiga capela da Fazenda da Jaguara, Pedro Leopoldo. Coroamento do retábulo do altar-mor, atualmente na igreja matriz de N. S. do Pilar, Nova Lima. Circa 1788.

27. Igreja de S. Francisco de Assis, Ouro Preto. Altar-mor. 1790-94. (Foto Gautherot).

28. Antiga capela da Fazenda da Jaguara, Pedro Leopoldo. Pormenor do retábulo, hoje na igreja matriz de N. S.ª do Pilar, Nova Lima. (Foto Gautherot).

Jerônimo Félix[55] e Felipe Vieira, êmulos de Noronha e Xavier, excederam na exação do retábulo principal da matriz de Antônio Dias da mesma vila o confuso desenho do doutor Antônio de Souza Calheiros; Francisco Vieira Selval[56] e Manuel Gomes[57], louvados da obra, pouco diferem de Luiz Pinheiro[58] e Antônio Martins[59] que hão feito as talhas e imagens dos novos templos.

Superior a tudo e singular nas esculturas de pedra em todo o vulto ou meio relevado e no debuxo e ornatos irregulares do melhor gosto francês é o sobredito Antônio Francisco. Em qualquer peça sua que serve de realce aos edifícios mais elegantes, admira-se a invenção, o equilíbrio natural, ou composto, a justeza das dimensões, a energia dos usos e costumes e a escolha e disposição dos acessórios com os grupos verossímeis que inspira a bela natureza[60].

Tanta preciosidade se acha depositada em um corpo enfermo que precisa ser conduzido a qualquer parte e atarem-se-lhe os ferros para poder obrar"[61].

*

Na época a que se refere o trecho acima transcrito, algumas artes liberais estavam talvez em maior florescência do que hoje nesta província.

Ou porque, à falta de liberdade política, como sucede ainda na Itália, a tendência dos espíritos, ou a sua atividade não podia ter outro alvo, ou porque o espírito religioso dos colonos, favorecido pela riqueza de então, um dos mais poderosos meios de realizar grandes coisas, dava ocasião ou incentivo eficaz para semelhantes estudos, o certo é que os nossos antepassados deixaram-nos em escultura, música e arquitetura monumentos dignos de uma civilização assaz adiantada.

Sabe-se que o Cristianismo é eminentemente civilizador; a ele se deveu na Europa a restauração das letras e das ciências, que a invasão dos bárbaros parecia ter por uma vez aniquilado; não é menos certo que o entusiasmo religioso, como todas as paixões nobres e elevadas, é inspirador de grandiosas coisas; e, pois, muito natural era que a escultura e pintura sacras tivessem entre nós o desenvolvimen-

29. Igreja matriz de N. Sª do Pilar Ouro Preto. Sacristia, pormenor de oratório. (1763).

30. Museu da Inconfidência. Ouro Preto. S. Jorge, imagem de procissão. (Foto Gautherot).

to que lhes reconhecemos. O fervor piedoso dos referidos tempos tem o seu tipo na grandeza e magnificência quase fabulosas (bem que entremeadas de cenas ou alegorias profanas) da trasladação do Santíssimo Sacramento da igreja do Rosário para a nova matriz de Ouro Preto, e que se intitulou TRIUNFO EUCARÍSTICO.

31. Igreja de N. S.ª do Carmo, Sabará.Imagem de S. Simão Stock. 1778-79. (Foto Vosylius).

32. Igreja de N. S.ª do Carmo, Sabará. Púlpito. pormenor, 1781-83. (Foto Gautherot).

O — Aleijadinho — exerceu sua arte nas capelas de S. Francisco de Assis[62], de Nossa Senhora do Carmo[63], e na das Almas[64], desta cidade; na matriz[65] e capela de S. Francisco da cidade de S. João del Rei[66]; nas matrizes de S. João do Morro Grande e da cidade de Sabará[67]: na capela de S. Francisco, da de Mariana; em ermidas das fazendas da Serra Negra, Tabocas e Jaguara, do dito termo de Sabará, e nos templos de Congonhas, deste último termo, e de Santa Luzia[68].

33. Igreja de N. S.ª do Carmo. Ouro Preto. Frontal do altar de S. João Batista. pormenor. 1807-09 (Foto Gautherot).

Há quem afirme que é em Congonhas do Campo[69], e em S. João del Rei que se devem procurar suas obras primas, fazendo especial menção da magnífica planta da capela de S. Francisco, daquela cidade[70], e do bem acabado da escultura e talha do respectivo frontispício[71].

Desde que um indivíduo qualquer se torna célebre e admirável em qualquer gênero, há quem, amante do maravilhoso, exagere indefinidamente o que há de extraordinário, e das exagerações que se vão depois sucedendo e acumulando chega-se a compor finalmente uma entidade verdadeiramente ideal. É isto o que, pode-se dizê-lo, até certo ponto aconteceu a Antônio Francisco, de quem se conta o seguinte caso:

Tendo ido à Corte do Rio de Janeiro, pediu que se lhe confiasse a construção da porta principal de certo templo que se concluía; foi isto julgado muita ousadia da parte de um desconhecido, e contra o qual depunham as aparências. Entretanto, foi-lhe encarregada a obra. Concluída uma das metades das portas, o artista, em certa noite, e furtivamente, a colocou no competente lugar. No dia seguinte foi mister que para o fazer se procurasse por toda a cidade o desconhecido gênio, que afinal e depois de muitos esforços foi encontrado*.

Com o mesmo fim de demonstrar a perícia deste escultor, conta-se que algumas mulheres, tendo ido a Matozinhos de Congonhas do Campo, na ocasião em que passavam por junto do — *Passo da Ceia*, — cumprimentaram as figuras que aí representam Cristo com os Apóstolos, o que, a ser devido somente ao bem acabado da escultura, nos induziria a comparar as obras do nosso patrício com os cachos de uvas de Zêuxis (famoso pintor da Antiguidade), que os pássaros feriam com o bico crendo serem frutos reais.

O — Aleijadinho — não ajuntou fortuna alguma pelo exercício de sua arte; além de que partilhava igualmente o que ganhava com o escravo Maurício**, era descuidado na guarda de seu dinheiro, que de contínuo roubavam-lhe, e muito despendia em esmolas aos pobres.

Tendo passado cartas de liberdade aos escravos acima declarados, e bem assim a uma escrava de nome Ana, as quais tinha fechado em uma caixa, os interessados lhas roubaram para talvez as lançarem no livro de notas. É certo, entretanto, que estes libertos não entraram no gozo da liberdade durante a vida do seu benfeitor ***.

Antônio Francisco trabalhava a jornal de meia oitava de ouro por dia". Quando concluiu as obras da capela do Carmo, das quais se havia primeiramente encarregado, queixou-se de ter recebido o seu salário em ouro falso. Posteriormente pelos anos de 1811 a 1812, um seu discípulo de talha, de nome Justino, tendo-se encarregado da construção dos altares na dita capela[73], pôde obter, depois de muitas

*. É certo que Antônio Francisco ali esteve em 1776 (interessava-se então numa apelação interposta por Narcisa de tal, cabra forra da qual havia ele tido o filho de que já se tratou); mas uma pessoa a quem ele contava todas as circunstâncias de sua viagem e estada na Corte não dá notícias deste fato.

**. Este escravo faleceu em Congonhas do Campo quando seu senhor escultava os Profetas e os Três Passos da Ceia, da Prisão e do Horto, que se vêm junto do Santuário de Matozinhos.

***. Manuel Francisco Lisboa[76] tinha da mãe do — Aleijadinho — mais dois filhos, e alguns outros houvera de legítimo matrimônio[77]. Entre estes achava-se o padre Félix Antônio Lisboa[78], que faleceu nesta cidade a 30 de maio de 1830. Tinha-se aplicado à estatuária, sob as vistas do Aleijadinho, que dele dizia que só podia escultar carrancas e nunca — "imagens". — Entretanto, diz-se ter sido obra sua, sofrivelmente executada, a imagem de S. Francisco[79] que existe na respectiva capela. Afirma-se que o dito padre Félix fora instruído, para o fim de receber ordens sacras, a expensas do mesmo Aleijadinho, a quem tratava com deferência.

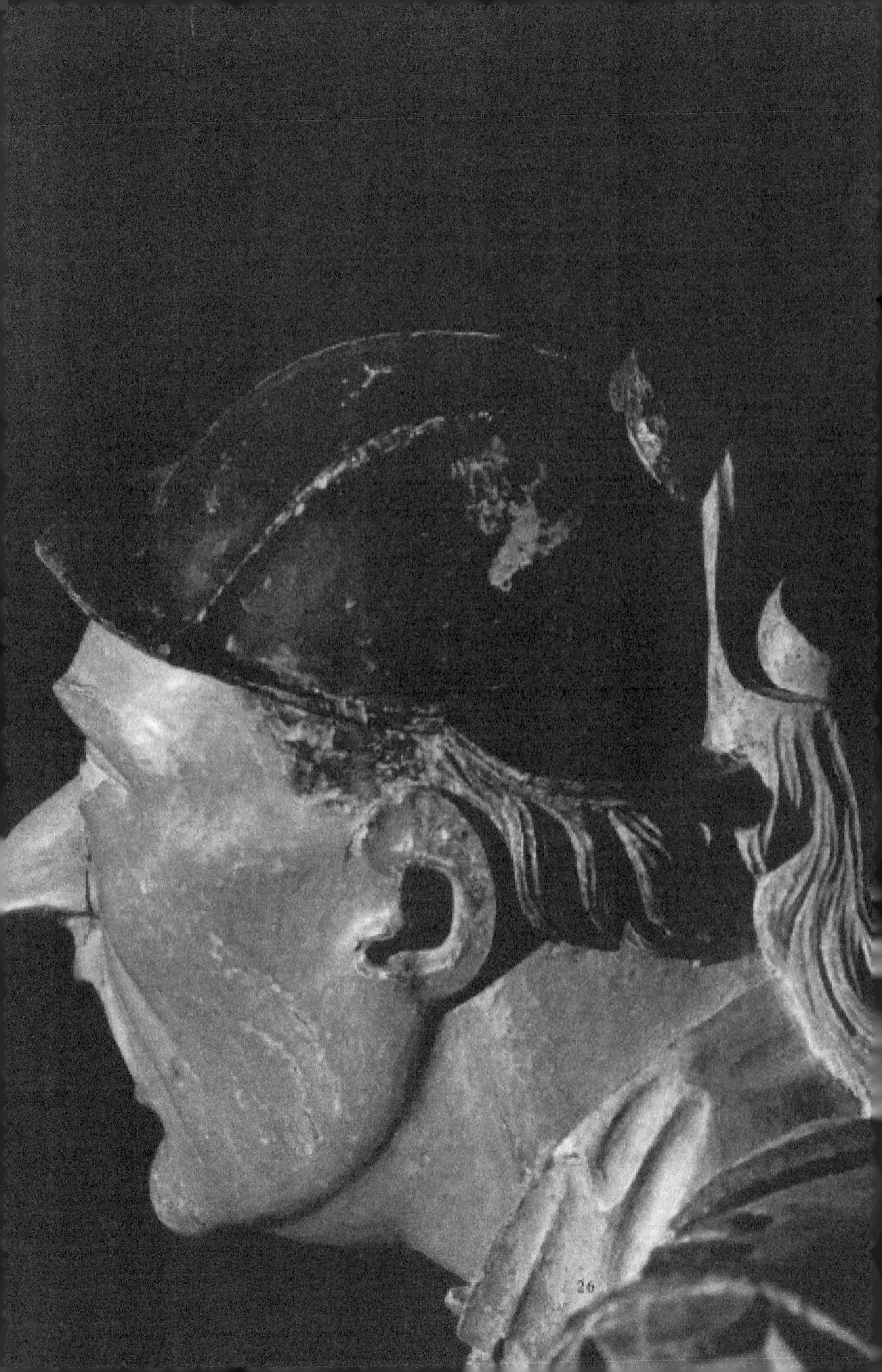

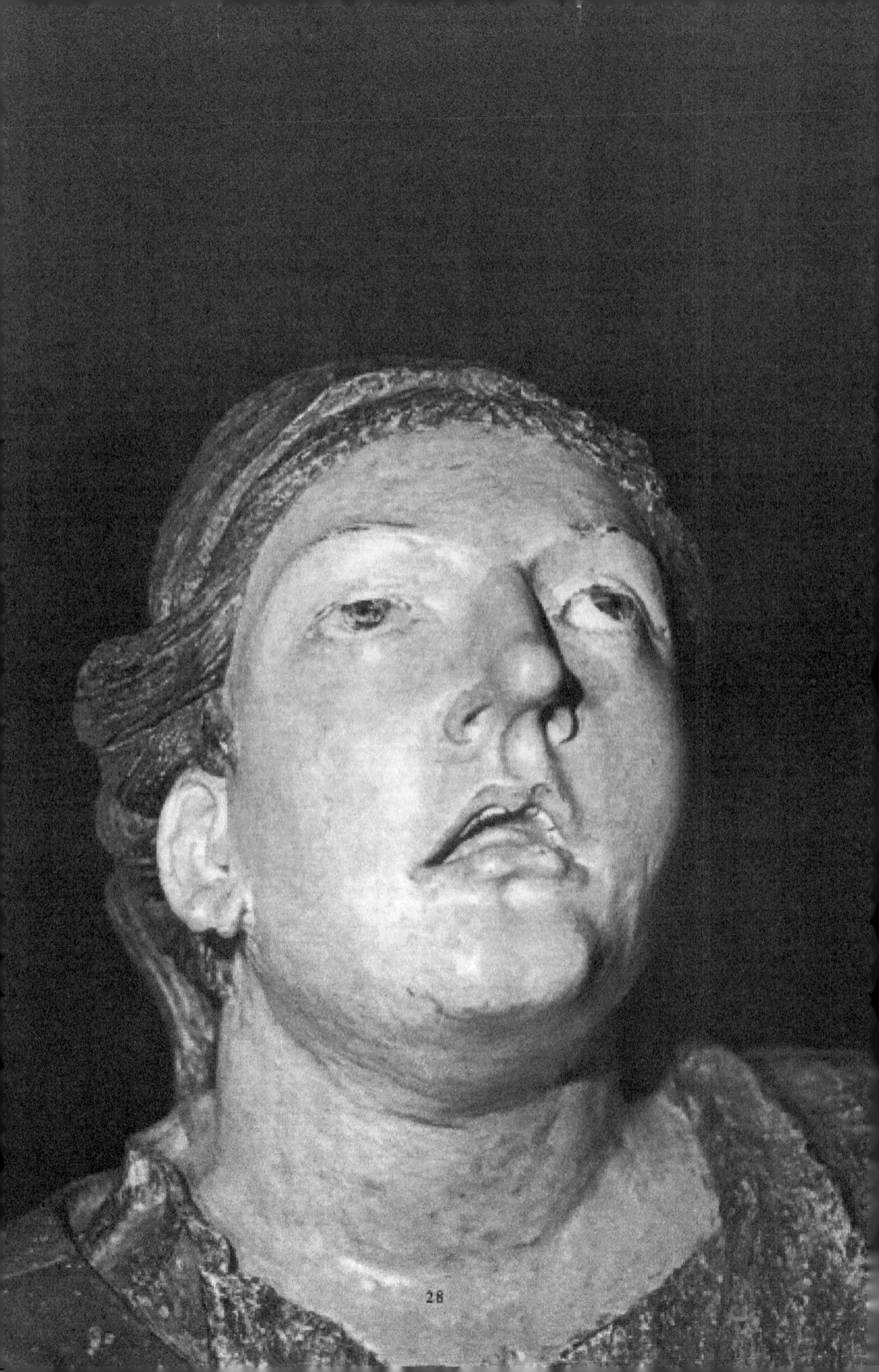

29

34. Igreja matriz de N. Sª da Conceição, Catas Altas. Crucifixo, pormenor. (Foto Gautherot).

instâncias, que ele fosse inspecionar e dirigir os trabalhos, e foi residir na casa que então existia contígua e pertencente àquele Santuário.

Por ocasião de Dias Santos do Natal, Justino retira-se para a rua do Alto da Cruz, onde tinha família, deixando ali seu mestre, que durante muitos dias por descuido do discípulo não teve aquele tratamento e cuidados a que estava acostumado. Com este fato coincidiu o de perder quase inteiramente a vista o nosso famoso escultor.

Neste estado, recolheu-se à sua casa, sita na rua Detrás de Antônio Dias", da qual depois de algum tempo mudou-se definitivamente para a de sua nora de nome Joana?[74], que dele tratou caridosamente até o seu falecimento, o qual teve lugar dois anos depois de seus últimos trabalhos de inspeção na capela do Carmo, a 18 de novembro de 1814[75], tendo de idade 84 anos, 2 meses e 21 dias.

Justino só tinha pago a seu mestre uma mui pequena parte do salário de um ano, que lhe pertencia, e pois desde então até o fim de sua vida a mofina do mestre nos seus solilóquios era exigir do discípulo o que lhe era devido. Durante o tempo em que esteve entrevado, frequentes vezes apostrofava à Imagem do Senhor que tinha em seu aposento, e tantas vezes havia esculpido, pedindo-lhe que *sobre ele pusesse os seus Divinos Pés.*

É natural que então a vida de sua inteligência em grande parte consistisse em recordação de seu brilhante passado de artista, ele se transportaria muitas vezes em espírito ao Santuário de Matozinhos, para ler profecias no semblante dos inspirados do Velho Testamento, cujas figuras tinham sido ali obradas por seu escopro, memorar, nos Três Passos da Paixão que escultara, a bondade e a resignação do Salvador, quando preso e osculado pelo Apóstolo traidor, a mais solene das Ceias, ou a Instituição do Sacramento da Eucaristia, e a angústia da Vítima Celestial contrastando o sono profundo e tranquilo dos três Apóstolos no horto de Getsemani!

*. Esta casa foi ultimamente demolida; o respectivo terreno acha-se fronteiro aos fundos da casa do cidadão major Joaquim José de Oliveira.

35. Igreja matriz de N. S.ª da Conceição, Catas Altas. Crucifixo, pormenor. (Foto Gautherot).

Vive ainda a nora do Aleijadinho*, e bem que em mau estado existe também a casa em que este faleceu; num dos pequenos departamentos interiores dela vê-se o lugar em que, deitado sobre o estrado (três tábuas sobre dois toros ou cepos de pau pouco ressaltados do pavimento térreo), jazeu por quase dois anos, tendo um dos lados horrivelmente chagado, aquele que por suas obras de artista distinto tanto havia honrado a sua Pátria!

Tanta miséria ousando aliar-se a tanta poesia!

Antônio Francisco acha-se sepultado na matriz de Antônio Dias, desta cidade. Descansa em uma sepultura contígua e fronteira ao altar da Senhora da Boa Morte", de cuja festa pouco antes tinha sido juiz".

Rodrigo José Ferreira Bretas

*. É conhecida pela parteira Joana Lopes, cuja idade provável é de mais de 80 anos; com ela foi casado Manuel Francisco Lisboa, filho do Aleijadinho. Existe há muitos anos no Rio de Janeiro", onde talvez ainda viva e exerça a marcenaria".

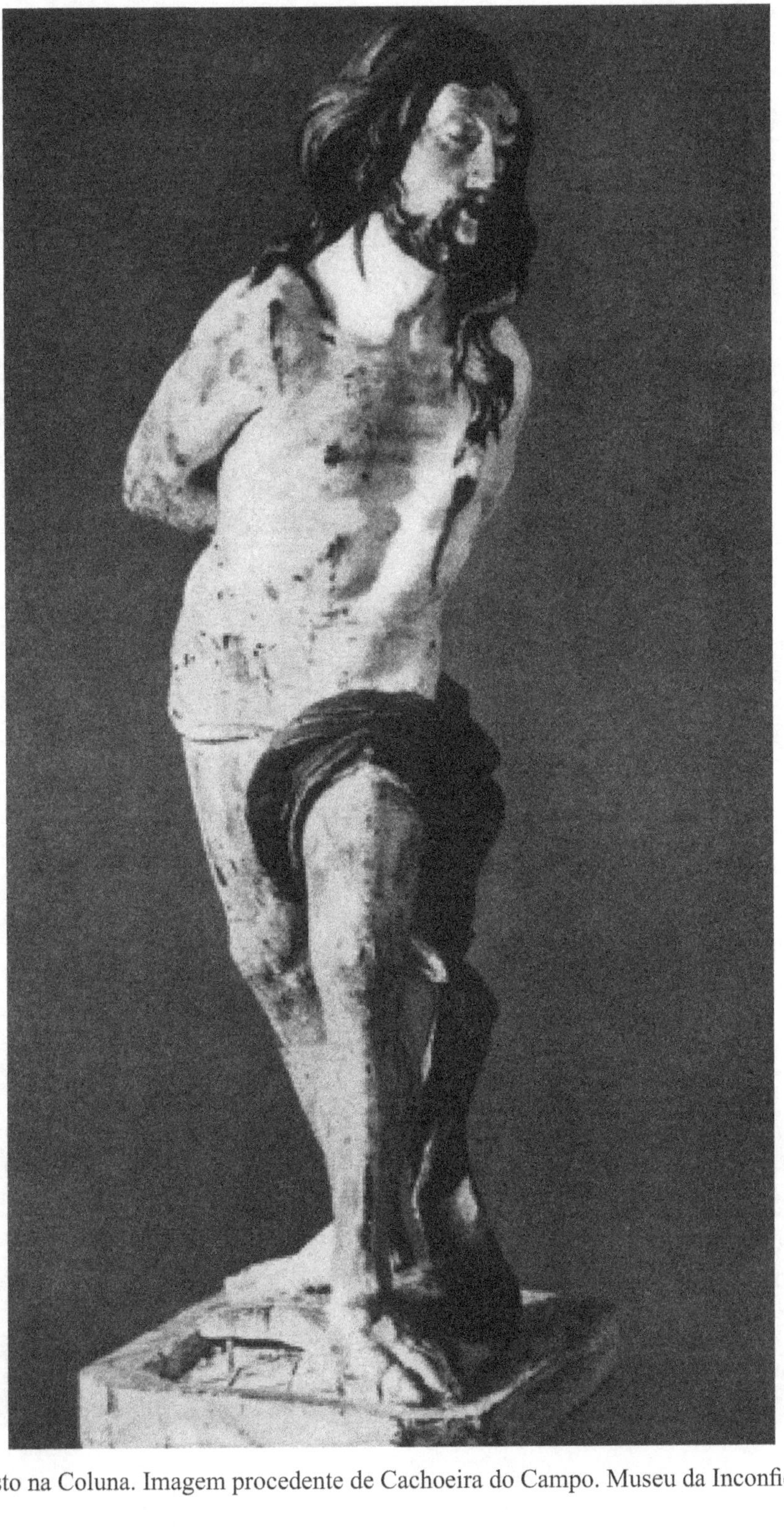

36. Cristo na Coluna. Imagem procedente de Cachoeira do Campo. Museu da Inconfidência.

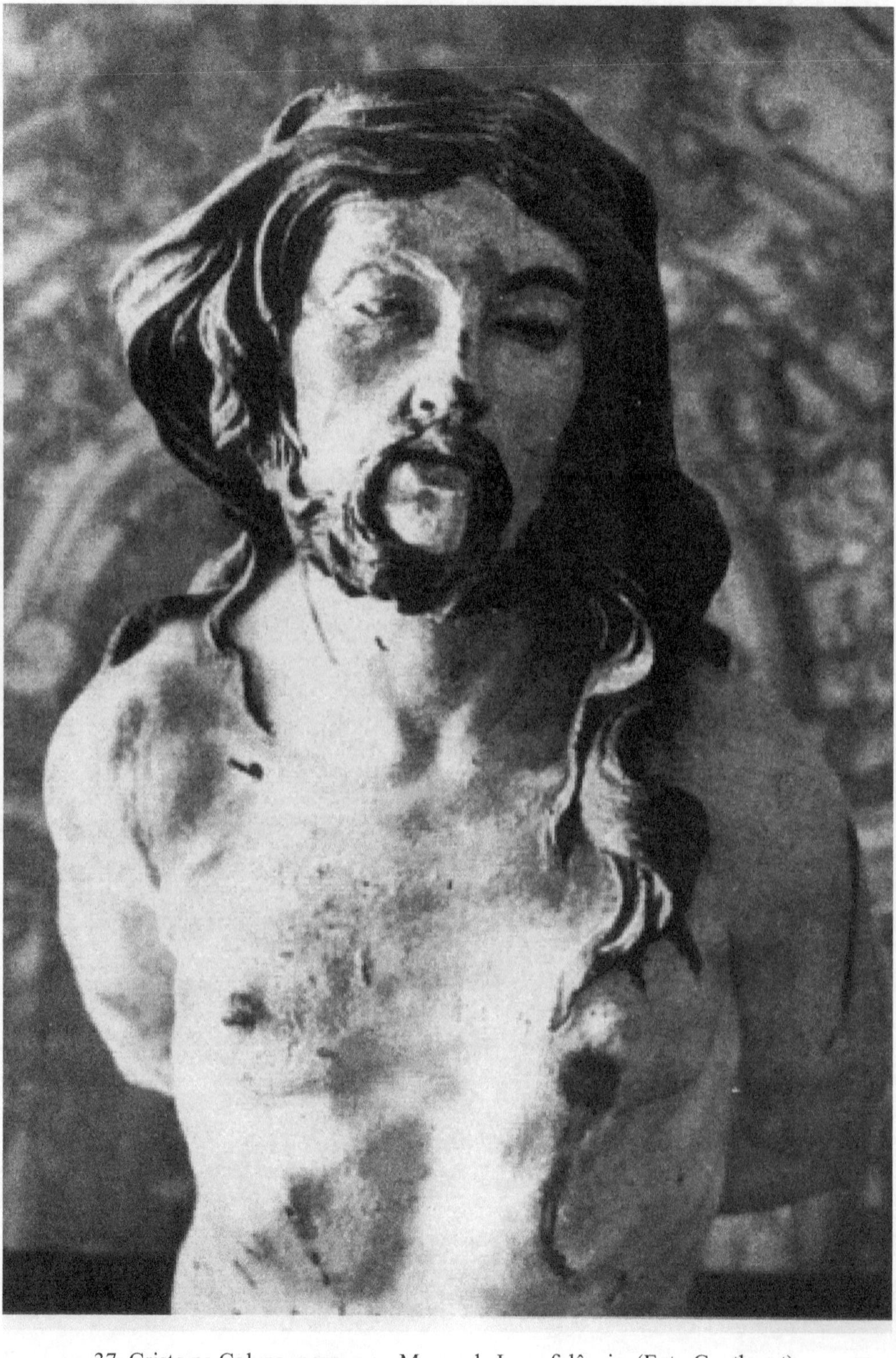

37. Cristo na Coluna, pormenor. Museu da Inconfidência. (Foto Gautherot).

38. Igreja matriz de N. S.ª do Bonsucesso, Caeté. Imagem de N. Sª do Carmo (Foto Vosylius).

39. Igreja de S. Francisco de Assis, S. João del Rei. Imagem de S. João Evangelista. (Foto Gautherot).

NOTAS

1. Publicado inicialmente em 1858 no Correio Oficial de Minas (ns. 169 e 170). Reproduzido mais três vezes:

a) Revista do Arquivo Público Mineiro, Ouro Preto, 1896, vol. 1, págs. 169 e 174;

b) Efemérides Mineiras, Ouro Preto, 1897, vol. IV, págs. 229/243; e

c) Gastão Penalva, *O Aleijadinho de Vila Rica*, Rio de Janeiro, MCMXXXVII.

Sacramento Blake, registra uma edição in-8°, Ouro Preto, 1858.

Interessa, sobre o assunto, ainda o seguinte trecho do relatório que apresentou Araújo Porto-alegre, como 1° Secretário, na Sessão Magna comemorativa do aniversário do Instituto Histórico e Geográfico Brasileiro, realizada a 15 de dezembro de 1858, e publicado no tomo XXI, pág. 473, de sua Revista: ... "No *Correio Oficial de Minas* apareceu uma biografia do escultor e arquiteto Antônio Francisco Lisboa, homem digno de passar à posteridade pela perícia, pela originalidade de seu caráter e pelas suas formas e fisionomia *quasimodesca*. Escrevi ao Sr. José Augusto de Menezes, redator do *Correio Oficial*, rogando-lhe o obséquio de pedir ao autor daquele escrito anônimo o serviço de continuar com suas pesquisas artísticas, e ofereci-lhe as páginas de nossa *Revista*. Obtive, não só uma pronta resposta do Sr. Menezes, como junto a ela uma cópia ampliada da biografia em questão, pelo Sr. Rodrigo José Ferreira Bretas, e a promessa de continuar nestas investigações". (V. a respeito Rodrigo M. F. de Andrade, Araújo Porto- alegre, precursor dos *Estudos de História da Arte no Brasil*, in *Revista do Instituto Histórico e Geográfico Brasileiro*, vol. 184, ano 1944, págs. 119 a 133).

O teor da resposta endereçada a Araújo Porto-alegre por J. M. Augusto Menezes é o seguinte:

"Ilmo. Sr.

Acusando o recebimento da Carta que V. S." teve a bondade de dirigir-me com data de 9 do corrente, relativa aos traços biográficos sobre o escultor Mineiro, conhecido pelo apelido de Aleijadinho, a que dei publicidade no Correio Oficial de Minas. e que V. S.ª, como pessoa muito competente, devidamente aprecia, cumpre-me assegurar a V. S.ª que com muito prazer farei o que deseja no intuito de obter do autor dos sobreditos traços, o Sr. Rodrigo José Ferreira Bretas, atual Diretor Geral da Instrução Pública desta Província, a continuação de semelhantes trabalhos, principalmente com referência aos antigos Pintores deste País, e espero que algum resultado obterei, visto como é pessoa que me honra com sua amizade, e com gosto se dedica a estudos desta ordem. Por esta ocasião envio a V. S.ª o original dos traços em questão, que o Sr. Bretas me pede para em seu nome oferecer ao Instituto Histórico, assegurando estar este mais completo e exato do que o que se teve em visa para a publicação. Digne-se, pois V. S.ª de fazer efetiva esta oferta perante o Instituto.

Aproveitando este ensejo para apresentar a V. S.ª os sentimentos de minha mais subida consideração, tenho a honra de oferecer o meu limitado préstimo para tudo aquilo em que por ventura eu possa ser útil quer ao serviço do Instituto, quer ao particular de V.S.ª.

Deus Guarde a V. S.ª.

Ouro Preto, 30 de Outubro de 1858.

Ilmo. Sr. Manuel de Araújo Porto-alegre, muito digno Secretário do Instituto Histórico e . Geográfico e Etnográfico do Brasil.

a) J. M. Augusto Menezes"

(Arquivo do Instituto Histórico e Geográfico Brasileiro, L. 179, Mss. 4310).

RODRIGO JOSÉ FERREIRA BRETAS, autor deste trabalho, nascido em Cachoeira do Campo a 10 de setembro de 1814 e falecido em Ouro Preto a 15 de julho de 1866, foi deputado à Assembleia

40. Santuário de N. S. Bom Jesus de Matozinhos, Congonhas do Campo. Adro. 1800-05. (Foto Gautherot).

Provincial de Minas em quatro legislaturas (1852-1861), secretário do governo e diretor geral da instrução na província de Minas Gerais. Advogado em Bonfim do Paraopeba, aí fundou um ginásio em 1846, tendo ainda dirigido outro em Congonhas do Campo. Lecionou filosofia em Barbacena e foi sócio correspondente do Instituto Histórico e Geográfico Brasileiro. Autor dos *Traços biográficos e Discursos proferidos na Assembleia Provincial de Minas Gerais nos dias 11, 13 e 17 de setembro de 1860 por ocasião da discussão do projeto acerca da revogação do regulamento n° 44, Ouro Preto*, sem data, 40 págs.

1. No manuscrito da Arquidiocese de Mariana, a data indicada primitivamente como do nascimento de Antônio Francisco era 1738, à qual correspondia a seguinte nota de pé de página: Esta opinião é fundada no Assento de seu óbito. A data foi emendada e a nota suprimida no texto definitivo.

2. No texto publicado na *Revista do Arquivo Público Mineiro* há a seguinte nota neste ponto: "O ilustrado biógrafo refere-se a Ouro Preto, onde residia e onde escreveu o seu consciencioso estudo sobre o Aleijadinho".

3. Manuel Francisco Lisboa, natural da freguesia de Jesus de Odivelas, arcebispado de Lisboa. Filho legítimo de João Francisco e de Madalena Antunes. Autor do risco original da igreja da Ordem 3ª do Carmo, de Ouro Preto, e do chafariz do Padre Faria do Alto da Cruz, da mesma cidade, bem como de várias obras notáveis, dentre as quais se destacam a Matriz de Nossa Senhora da Conceição, o Palácio dos Governadores, a Casa da Câmara e Cadeia (a segunda), o chafariz de Antônio Dias, etc., em Ouro Preto. Opinou na construção do Palácio do Bispo, em Mariana, tendo outrossim orientado, por incumbência especial do

41. Santuário de N. S. Bom Jesus de Matozinhos. Congonhas do Campo. Profeta Daniel. (Foto Gautherot).

Governador Gomes Freire de Andrada, as obras da Sé da mesma cidade (V. a respeito Judite Martins, *Subsídios para a biografia de Manuel Francisco Lisboa, in Revista do Serviço do Patrimônio Histórico e Artístico Nacional*, vol, 4,1940, págs. 121 a 153).

5. João Gomes Batista, natural de Lisboa. Filho legítimo de Felícia dos Santos Cardoso e de João Gomes da Silva. Segundo Cirilo Volkmar Machado e Teixeira de Aragão, foi aluno de Antônio Mengin e exercia as funções de abridor de cunhos da Casa da Moeda em Lisboa. Nomeado em 1751, por Gomes Freire de Andrade, para o lugar de Abridor de Cunhos da Intendência e Casa de Fundição de Vila Rica, figurando entre suas obrigações a de abrir os ferros dos cunhos para as demais casas de fundição da Capitania. Exerceu o cargo até 24 de dezembro de 1778, quando faleceu (V. a respeito Luís Camilo de Oliveira Neto, João Gomes Batista (Nota Preliminar), in *Revista do Serviço do Patrimônio Histórico e Artístico Nacional*, vol, 4, 1940, págs. 83 a 119).

6. Francisco Vieira Matos, o Lusitano, 1699-1783. A informação relativa às lições que João Gomes Batista recebera do artista Vieira foi colhido no texto de Cirilo Volkmar Machado, *Coleção de Memórias relativa às vidas dos Pintores e escultores, arquitetos e gravadores portugueses, e dos estrangeiros que estiveram em Portugal*, etc. O autor equivocou-se, pois, ao mencionar a "corte do Rio de Janeiro" (V. a respeito Luís Camilo de Oliveira neto, ob. Cit.).

7. Em 1753, Manuel Francisco Lisboa era mestre das obras reais e avaliador da fazenda real (Autos do Libelo Cível em que é autor Francisco Ribeiro da Silva e réu D. Frei Manuel da Cruz, fls. 147 v., arquivo da Cúria de Mariana).

8. Cf. "Diz Narciza Rodrigues da Conceição Criolla forra que para certos requerimentos q. tem se lhe faz preciso que o Reverendo Cura da Sé desta Cidade lhe passe por certidão o teor do assento do Baptistério de hú filho seo por nome Manoel" ...

... "Aos vinte e três dias do mês de janeiro de mil setecentos e setenta e sete nesta Cathedral baptizei e pus os Santos Oleos a Manoel filho natural de Narcisa Rodrigues; forão padrinhos" ... "E não se continha mais Couza alguma do dito assento ao qual me reporto por verd. passei a presente de minha letra e Signal in Verbo Parochi Rio 4 de Agosto de 1783" (Autos de casamento de Manuel Francisco Lisboa com Joana de Araújo Correia, doc. Original do arquivo da DPHAN).

9. Cf. Assentamentos a fls. 83 e 87 v. do Livro 1 ° de Receita e Despesa da Irmandade de N.ª S.ª das Mercês e Perdões, de Vila Rica: "1777 - Pl.º q despendeu com dous pretos q carregarão a Antº Francº rever o risco da obra 1/2" e "1778 . despesa deqm carregou p." esta Capella a Ant.º Franciº p.a serta averiguação de nova obra 1/4" (v. a respeito Rodrigo M. F. de Andrade, prefácio do livro de Zoroastro Viana Passos, Em torno da história de Sabará, que corresponde ao n° 5 da Publicações do Serviço do Patrimônio Histórico e Artístico Nacional).

10. A natureza do mal de que sofria Antônio Francisco é assunto muito controvertido. Dele trataram vários especialistas, dentre os quais os Drs. Nicolau Ciâncio, Floriano de Lemos, Américo Valério (v. Gastão Penalva, ob. cito na nota 1, págs. 193, 196 e 198; René Laclette, *A doença do Aleijadinho,* in *O Jornal*, 1929, número especial dedicado a Minas Gerais; José Caetano Alves Neves, *Pedaços do Passado*, Rio de Janeiro, 1937, pág. 160; José Mariano Filho, artigos publicados no *Jornal do Comércio*, Rio de Janeiro, 9-VIII-1942 e 6-IX-1942; A. Alves Passig, artigos publicados no *Diário da Manhã*, Ribeirão Preto, em 13-XI-1932, na Revista do Instituto Histórico e Geográfico de Minas Gerais, vol., n° 1,1945, e conferência proferida no Centro Médico de Ribeirão Preto, em 31-VIII-1938, publicada no respectivo *Boletim*. Concluem uns pelo mal de Hansen (forma mista), outros pela sífilis terciária e outros ainda pelo reumatismo deformante.

11. No manuscrito pertencente ao Instituto Histórico e Geográfico Brasileiro, lê-se: D. *Luís da Cunha Menezes*.

12. Cf. "Aos 10 de julho de mil setecentos noventa e coatro em a rua dos Perdoens faleceu com todos os Sacramentos Agostinho Angola escravo de Antônio Francisco Lisboa, Pardo Solteiro; jaz sepultado nesta Matriz depois de encomendado" ... (Livro de Óbitos da matriz de N. S.ª da Conceição de Antônio Dias. Fls. 321).

42. Santuário de N. S. Bom Jesus de Matozinhos. Congonhas do Campo.
Profeta Baruc, pormenor. (Foto Gautherot).

13. A autoria de Antônio Francisco Lisboa, relativamente ao risco ou planta geral da igreja de S. Francisco de Assis, de Ouro Preto, está comprovada definitivamente por provas circunstanciais, como se viu da "*Introdução*". O termo de 16 de novembro de 1766, a fls. 137 do L.º de *Termos e deliberações da mesa*, qa respectiva Ordem 3ª, não menciona, porém, o autor do risco (V. a respeito Rodrigo M. F. de Andrade, ob. cito , págs. 288, 289).

14. Nem o estado das artes plásticas, no tempo de Antônio Francisco Lisboa, era primário, como o insinua o A., nem faltaram ao Aleijadinho mestres idôneos, tais como Manuel Francisco Lisboa, arquiteto prestigioso, mestre das obras reais, e João Gomes Batista, abridor de cunhos, desenhista requintado e introdutor no país do novo estilo ou "gosto francês". A formação artística de Antônio Francisco Lisboa não se teria operado, aliás, apenas sob a orientação desses dois mestres mencionados expressamente pelo cronista seu contemporâneo e, sim, também, provavelmente, sob a influência de Francisco Xavier de Brito e José Coelho de Noronha, que se distinguiam então nas obras de escultura e de talha nas igrejas mineiras e com os quais terá feito o aprendizado de seu ofício de escultor e entalhador.

15. Cf. assentamento a fls. 146 do livro 1° de Receita e Despesa da Ordem 3ª de S. Francisco de Assis, ano de 1774 para o de 1775, relativo ao pagamento feito a Antônio Francisco da importância de 14$400 "do risco da nova portada". Essa obra, inteiramente esculpida pelo próprio Aleijadinho, foi, entretanto, arrematada por José Antônio de Brito, de acordo com as "Condições pelas quaes Seha de fazer a nova Portada da Capela de N. S.ª Dos Anjos da Ordem 3ª de S. Franc." desta V' Rica" (V. a respeito Rodrigo M. F. de Andrade, *Contribuição para o estudo da obra do Aleijadinho, in Revista do Serviço do Patrimônio Histórico e Artístico Nacional,* vol. 2, 1938, págs. 274, 292 e 293). Trata-se do mesmo canteiro que arrematou os degraus da escada de acesso ao consistório da dita igreja e, consequentemente, de empreiteiro e artífice da obra rústica, não de artista ao qual se pudessem atribuir as esculturas da portada em questão.

16. Cf. Lançamento registrado a fls. 108 do Livro 1° de Receita e Despesa da Ordem 3' de S. Francisco de Assis de Vila Rica, relativo à quantia de 17/8as. pagas a Antônio Francisco pelo "feitio das Pedras dos Púlpitos" e recibo original, "do Resto da Obra dos Púlpitos, datado de 12 de fevereiro de 1772, em exposição no Museu da Inconfidência.

17. Embora o exame técnico da peça, feito pelos peritos da DPHAN, confirme a autoria de Antônio Francisco Lisboa, não se encontrou nos assentamentos de despesa da Ordem 3ª de S. Francisco de Assis de Vila Rica lançamento algum referente ao chafariz da sacristia, pois este, segundo se verifica da própria inscrição, foi oferecido à Irmandade pelos sacristães de 1777, 1778 e 1779 (V. a respeito Rodrigo M. F. de Andrade, ob. cit., págs. 220 a 291).

18. Cf. Assentamentos a fls. 29 V. de um livro de contas suplementar da Ordem 3ª de S. Francisco de Assis de Vila Rica, assim como a fls. 266, 269, 273 e 281 do Livro 1° de Receita e Despesa da Ordem 3ª, referentes a importâncias despendidas com a obra do retábulo do altar-mor, além de cerca de 30 recibos assinados por Antônio Francisco Lisboa, de teor semelhante ao que se segue: "Rco. Do Cindico de Venerável Ordem 3ª de S. Franc.º Sincoenta Oytavas de ouro aconta da quantia do ajuste q fis, sobre a fatura do Retabollo da Capela Mor epor ter recebido adº quantia paço este dem.º Letra e Sinal. Villa Rica vinte e hu de 8brº de 1790. a) Ant" Franc" Lx'. (V. a respeito Rodrigo M. F. de Andrade, ob. cit.).

19. Cf. Assentamento a fls. 115 V. do Livro 1° de Receita e Despesa da Ordem 3º de S. Francisco de Assis de Vila Rica, ano de 1773 para 1774, correspondente a dois pagamentos das importâncias de 18$000 e 73$200 feitos a Antônio Francisco Lisboa de "Jornais no Barrete da capela mor" (V. a respeito Rodrigo M. F. d Andrade, ob. cit.).

20. A imperfeição aludida corresponde à opinião pessoal do A., que revela certos vícios de apreciação próprios da época. As obras referidas no texto são consideradas hoje em dia, pelos críticos idôneos, artisticamente impecáveis.

21. Contrariamente à opinião do A., observa-se na obra criticada que a intensidade dramática resultante do contraste entre a atitude passiva do povo, disposto num dos campos da composi-

43. Santuário de N. S. Bom Jesus de Matozinhos. Congonhas do Campo. Profeta Jeremias (Foto Gautherot).

ção, segundo o corte de ouro, e a postura, veemente do Senhor, é apropriada e significativa. V. nota anterior.

22. A composição dinâmica a que se refere o texto, tão diferente da que lhe fica defronte, e onde prevalecem os movimentos giratório e convergente sabiamente ajustados, é, na verdade, magistral.

23. A autoria da imagem de São Jorge foi contestada recentemente (Estado de Minas, Belo Horizonte, 2- ID-1948), entre outras alegações, pela de que a obra teria sido talhada em castanho e seria, portanto, de origem portuguesa. O exame tecnológico do material utilizado revelou, porém, tratar-se de cedro, e o confronto da imagem de São Jorge com outras esculturas de madeira,. indubitavelmente da autoria de Antônio Francisco, confirma a asserção do A.

24. A imagem não revela nenhum indício de "retrato" e, sim, apenas os traços convencionais da imaginária em voga na época, acrescidos, é certo, daqueles maneirismos estereotipados e peculiares à obra menos significativa de Antônio Francisco Lisboa.

25. Era, com efeito, vereador do Senado da Câmara de Mariana, em 1790, como se vê do seguinte Termo de encerramento: "Aos dez dias do mês de Outubro de mil setecentos e noventa anno nesta Leal Cidade de Marianna, e Casa da Câmara della, sendo presente o Doutor Antonio Ramos da Silva Nogueira Juiz de fora desta Leal Cidade de Marianna e seu termo e Presidente da Câmara della o licenciado Paulo Rodrigues Ferreira, o Capitão Joaquim José da Silva, e o guarda Mor José Correa Rebello e Castro, Vereadores atuaes, e o Procurador da mesma o Tenente Antonio Gonçalves da Motta comigo Escrivão ao diante nomeado para effeito de se tomarem as contas e as ajustarem do anno pretérito de 1789 e ao Thezoureiro Domingos Álvares do Rio, e sendo ali forão examinados a vista ditas contas lançadas neste fim desde a fls. 11 até 35 v. em quinhentos e sessenta e duas oitavas que se achou a importância de sette contos e oitocentos e nove mil, oitocentos e settenta e sette reis" ... (L n° 69, fls 36, arquivo da Prefeitura de Mariana).

Sobre a origem e a formação cultural do cronista Joaquim José da Silva não se conseguiu até agora apurar elemento algum de importância. Há, entretanto, grande utilidade em prosseguir nas buscas e pesquisas a esse respeito, atendendo-se a que ele foi sem dúvida o primeiro escritor a empreender um resumo da evolução das formas da arquitetura e da escultura em determinada região do Brasil, com intenção de crítica de arte.

26. O livro mencionado no texto não foi, infelizmente, encontrado até hoje, quer em buscas realizadas no Arquivo Público Mineiro, quer no arquivo da Prefeitura de Mariana.

27. É o seguinte o teor da ordem régia: "Dona Maria por graça de Deos Raynha de Portugal e dos Algarves daquem e dalem mar em Africa Senhora de Guiné etc. Faço saber a vos Governador e Capitão General da Capitania de Minas Gerais que Eu sou servida Ordenarvos que pelos ouvidores das comarcas dessa capitania façaes praticar o arbítrio de se fazerem effectivamente todos os annos humas memórias annuaes dos novos Estabelecimentos, factos e cazos mais notáveis e dignos de historia, que tiverem succedido: sendo estas escriptas pelo vereador segundo (attendido o impedimento que pode ter o primeiro servindo de juiz), o qual no fim de cada hum anno se aprezentará em câmara, aonde lidas e examinadas se farão registrar em hum Livro destinado para este fim, dando fé todo o corpo dos Vereadores por escrito serem aqueles factos e successos na verdade; recomendando outrosim aos mesmos ouvidores em correição tenhão huma particular inspecção em tão interessante matéria. A raynha Nossa Senhora o mandou pelos conselheiros do seu conselho Ultramarino abaixo assinados se passou por duas vias. Antonio Ferreira a fez Lisboa vinte de Julho de mil setecentos centos e oitenta e dous. O Secretario Joaquim Miguel Lopes de Lavre a fez escrever. Miguel Serrão Diniz — João Baptista Vaz Pereira. Segunda Via. Por despacho do conselho Ultramarino de vinte hum de Mayo de mil setecentos e oitenta e hum. O Secretario do Governo Jozé Antonio de Mattos. — Cumpra-se registe-se. Doutor Gonzaga — Não continha mais a mencionada copia de ordem regia a que me reporto em poder do abaixo assignado a que a tornei entregar, a qual aqui bem e fielmente fiz registrar, por mim subscripto, conferido e assignado nesta Villa Rica do ouro preto aos vinte e hum dias do mês de Novembro de mil setecentos e

44. Santuário de N. S. Bom Jesus de Matozinhos. Congonhas do Campo. Profeta Jonas (Foto Gautherot).

oitenta e quatro annos. E eu José Veríssimo da Fonseca escrivão da ouvidoria o subscrevi assigney e conferi. José Veríssimo da Fonseca". (in Revista do Arquivo Público Mineiro, ano VII, 192, pág. 437. — V. a respeito Judite Martins, Apontamentos para a bibliografia de Antônio Francisco Lisboa in Revista do Serviço do Patrimônio Histórico e Artístico Nacional, vol.3, 1939, pág. 179).

28. Certamente por leitura errônea da abreviatura de Fernandes, o A. registra como sendo João Francisco de Oliveira o nome do arrematante da Matriz de Ouro Preto. Verifica-se, entretanto, pela escritura de 1° de abril de 1731, passada em tabelião, que foi efetivamente João Femandes de Oliveira que se obrigou "a fazer a obra da nova Igreja". A 5 de julho de 1733 obriga-se a Mesa do S.S. Sacramento a pagar "o resto da escritura que se deve ao arrematante da obra João Femandes de Oliveira a quantia de 6.000 cruzados"; a 16 de junho de 1735, obrigam-se os novos Mesários a "satisfazer o arrematante João Femandes de Oliveira do resto da obra da primeira escritura celebrada com Ventura Rodrigues Velho"; e, finalmente, a 24 de abril de 1736, "recomenda-se aos que recebem a Mesa a se obrigarem a pagar a João Femandes de Oliveira o resto que se lhe deve" (Livro de Termos da Mesa do S.S. Sacramento da freguesia de N. S.ª do Pilar do Ouro Preto, fls. 12, 1421 v., 22 e22v.).

29. Segundo o "Termo q se fes em mesa p." Seacrecentar a Capella Mor pelo novo risco q. pª. ela deu o Sarg. Mor novo engenheiro Pedro Gomes Chaves", datado de 2 de agosto de 1741 (Livro de Termos de Irmandade do S.S. Sacramento da freguesia de N. S.ª do Pilar de Ouro Preto, fls. 41), verifica-se que não se tratava do risco geral da igreja e, sim, apenas do da capela-mor, cujo "zimbório" foi entretanto, demolido de 1775 em diante, quando os painéis do respectivo forro se recompunham na forma atual.

30. Cf. Termo de 11 de maio de 1739, pelo qual Antônio Francisco Pombal arrematou por 12.000 cruzados a obra do forro da igreja, cimalha e pés direitos da Matriz de Ouro Preto, a ser executada segundo o risco escolhido e aprovado. Parecia, aliás, pelo termo de 8 de dezembro de 1744, que Antônio Francisco Pombal não teria concluído a obra, pois ali declarava que, embora tivesse "feito a dita rematação da obra da dita Igreja" ... "se via porém como ainda não tinha dado fim a sua obrigação se via fallido de bens pelos contratempos que lhe havia acontecido por cujo motivo se achava sem fabrica para poder continuar a sobredita obra e pella mesma razão tinha elle dito rematante ajustado com Antonio dos Santos Portugal aque este acabasse a dita obra de que elle dito rematante hera obrigado na forma de sua escritura" ... Entretanto, os termos de 12 e 28 de agosto de 1745 deixam claro que Antônio Pombal concluiu de fato os serviços que lhe incumbiram da igreja. Reza o primeiro: Termo de quitação que dá Antônio de Oliveira Braga do recebimento de 31 oitavas de ouro "preço dos paus de jacarandá que vendeu para Antônio Francisco Pombal, rematante da obras para fazer os balaústres da tribunas"; e o segundo: "Termo de quitação que dá a esta Irmandade do S.S. Sacramento o sargento-mor Manuel da Costa Guimarães, como procurador bastante do arrematante das obras da igreja, Antônio Francisco Pombal" ... (Livro de Termos da Irmandade do S.S. Sacramento da freguesia de N. S.ª do Pilar de Ouro Preto, fls, 23v., 25, 28 v. 41,74 v. a 76,77 v. e 79).

31. No texto está Seamozi.

32. O assento de batismo é o seguinte: "aos vinte e nove dias do mês de Agosto de mil sete centos e trinta nesta Igreja Matriz de Nossa Senhora da Conceição com licença minha Baptizou o Rd.º Pe. João de Brito a Antonio f.º de Izabel Escrava de Manoel Francisco da Costa do Bom Sucesso, e1he pos logo os st.ºs óleos, edeu od." seo senhor por forro, foi Padrinho Antonio dos Reys, de que fis este asento dia ed.ª s.ª O Vigr,º Felix Simões de Payva". A despeito de o autor declarar que "há fundamento" para se atribuir esse assento a Antônio Francisco Lisboa, essa atribuição não parece irrecusável, uma vez que o documento faz referência um Manuel Francisco da Costa, apelido nunca mencionado em qualquer documento até hoje encontrado a respeito de Manuel Francisco Lisboa (V. a respeito Judite Martins, ob. cit., pág. 141).

33. A referência é abonada pelos manuscritos encontrados no arquivo da Matriz de N. S.ª da Conceição de Antônio Dias, pois se entre eles não figura nenhum pagamento pela execução do

45. Santuário de N. S. Bom Jesus de Matozinhos. Congonhas do Campo.
Profeta Isaías, pormenor. (Foto Gautherot).

risco da obra, verifica-se entretanto de sua leitura que Manuel Francisco Lisboa foi o mestre das obras da igreja, tal como consta dos apontamentos extraídos do Livro de Receita e Despesa da Irmandade de N. S.ª da Conceição de Vila Rica: 1733 "P. duzentas oitavas do Custo do Caixão ao Mestre das Obras da igr,ª Mel. Franc." Lx.ª"; em 1738/39 recebeu 2 oitavas "Pello feitio dos Coros p." a Muzica"; em 1739/40 recebeu 300/8.as pelo fôrro da sacristia; e em 1741 ;42 recebeu 1 1/2 oitavas "do concerto do Sinno" (L.º cit., fls. 89v., 100v, 102 e 106. V. a respeito Judite Martins ob. cit., pág. 147).

34. Não foi encontrado até agora nas pesquisas que a DPHAN tem realizado sistematicamente nos arquivos eclesiásticos e civis de Minas Gerais, nenhum documento comprobatório de que Antônio Coelho da Fonseca houvesse arrematado, em 1734, as obras da matriz de Ribeirão do Carmo. No entanto, esse mesmo artista aparece naquela época, em Ouro Preto, como arrematante da obra da igreja de Santa Ifigênia do Alto da Cruz: em 4 de outubro de 1733, recebeu do Tesoureiro da Irmandade dos Pretos do Alto do Padre Faria a quantia de 500$000 "a c/ do 1° pagamento" da obra da Igreja; em 1743 recebeu a quantia de 850$000 "por c/ da nova Igreja que está obrigado a fazer de acordo com a escritura" (Livro de Receita e Despesa da Irmandade de N.S.ª do Rosário dos Pretos do Arraial do Padre Faria, fls. 8 e 25). Essa igreja foi remodelada, externamente, na 2ª metade do século XVIII.

35. Figura no Censo Geral dos Ofícios procedido em Vila Rica, em 1746/1747 (Códice n° 90, D. F., Avulsos, Arquivo Público Mineiro, fls. 52 e 181 v.).

36. Cf. Ordem régia de 16 de março de 1743, registrada no Códice n° 81, Seção Colonial-Originais de Ordens Régias, 1743/1744, fls. 9, do Arquivo Público Mineiro, pela qual D. João, Rei de Portugal, tendo em vista as ponderações que lhe foram feitas por Gomes Freire de Andrada, de que não havendo "nessas Minas Cazas de residência do governador" ... tinha resolvido "a mandar fazer na da moeda" ... "e que seria justo estas obras se continuasse pois se poderia acabar com vinte mil cruzados". Mas como no ano de 1739 "caíra em inteira ruína, e muita thé o alicersce da Casa da Fundição que fazia a quarta parte dessas" ... "vos parecera não entrar em obra sem vestoria do Enginheyro capaz de adispor com segurança e fazer os orssamentos e condições necessárias pelo que mandareis subir a essas Minas o sargento-mor Enginheyro José Fernandes Pinto Alpoym, o qual vendo o estado das cazas e grande ruína que havia nellas dificultara se fezesse de pedra e barro, ou pau a pique com as ombreiras de madeiras que hé aforma em que primeiro foy orsada, mas sim de pedra ecal" ... de que fizera a planta, e posta em lanços se rematara em quarenta mil cruzados, ficando os cunhaes, portas e janelas à parte" ...

37. Cf. Manuel Francisco Lisboa contratou a 14 de junho de 1741 a construção do Palácio dos Governadores, projetado por Alpoim, por 40.000 cruzados, com exclusão das obras dos cunhais, portas e janelas. A construção devia ser de pedra e cal, como se faziam algumas, e não de pau a pique, ou pedra e barro. As especificações do contrato podem ser lidas na Revista do Arquivo Público Mineiro, vol. VI, pág. 570. (V. a respeito Judite Martins, ob. cit., pág. 147).

38. A primeira casa de misericórdia de Vila Rica teve o seu hospital próprio no local onde está hoje o foro de Ouro Preto. Não foi encontrado, até agora, nenhum documento da época referente à autoria de Manuel Francisco Lisboa, relativamente à edificação em causa (V. a respeito Judite Martins,ob. cit., pág. 150).

39. Prova muito expressiva dessas "lições práticas de arquitetura" é a deliberação, de 1 ° de maio de 1747, das Irmandades das Almas e do S.S. Sacramento, sitas na Matriz de N. Sª. da Conceição de Catas Altas, no sentido de convocar Manuel Francisco Lisboa e outro arquiteto (Francisco Branco de Barros) para dirimirem um litígio suscitado entre as duas irmandades em consequência da iniciativa que uma delas tinha tomado de dar à obra de talha dos arcos colaterais do interior da igreja, correspondentes ao altar da sua devoção, uma forma ou peculiaridade que, segundo os outros Irmãos, não se harmonizava com o estilo adotado nos demais elementos da decoração interna da igreja. O laudo proferido pelos dois peritos foi tomado por termo em 7 de

46. Santuário de N. S. Bom Jesus de Matozinhos. Congonhas do Campo. Passo da Ressurreição. Anjo. 1796-99. (Foto Matos Siqueira).

maio de 1747 e constitui de fato uma lição minuciosa e erudita sobre a matéria controvertida, revelando da parte dos louvados conhecimentos e intenções plásticas que os colocam em nível de cultura muito superior ao de mestres de obras comuns (Livro de Termos da Irmandade do S.S. Sacramento, fls. 64 e 65).

40. Cf. Ajustou a 23 de janeiro de 1752 pelo "preço e quantia de vinte e quatro mil cruzados" a obra da nova capela de N. S.ª do Rosário da vila do Carmo (Livro de Termos da Irmandade, fls. 12 v.). O nome do arrematante é José Pereira dos Santos e não José Ferreira dos Santos, como consta do texto, por leitura errônea, aliás corrigida linhas abaixo: "com este José Pereira", etc.

41. O Antônio Pereira de Souza Calheiros, do qual se tem notícia, era caixa adminstrador do "Contrato das Estradas das Minas do Senhor Bom Jesus de Cuiabá" (Códice n.º 101, fls. 33.v., S.C.S.F., do Arquivo Público Mineiro). Quanto ao risco da igreja de S. Pedro dos Clérigos, de

Mariana, não foi encontrado até agora nenhum documento comprobatório da asserção do cronista. Relativamente à igreja do Rosário, de Ouro Preto, sabe-se que a autoria do risco "da empena e frontispício" pertence a Manuel Francisco de Araújo (V. a respeito Rodrigo M.F. de Andrade, *Um mestre desconhecido: Manuel Francisco de Araújo*, in *Estado de São Paulo*, 13-XII-1947).

42. Cf. A 25 de março de 1762, usando de "melhor conselho p." a perfeição da obra da igreja" da Ordem 3ª de S. Francisco de Assis, de Mariana, "se fez hum novo risco feito pelo Mestre José Perª dos Santos", para substituir o que havia sido executado pelo Irmão Rev. o Dr. Promotor (Livro de Termos da ordem 3", fls. 27.).

43. Cf. ''Termo que esta Venel. Ordem mandou lavrar em Meza de 11 de Agosto de 1762" ... "p," arrematação e ajuste da Igr," de n." S." da Conceição desta Venerável Ordem de São Francisco de Assis, de Mariana" ... "se tinha ajustado a obra de pedra e cal com N. Ir. José Per," Arouca, na forma do risco e condiçoens, pela quantia de quarenta e hum mil cruzados" ... (livro de Termos da Ordem 3ª fls. 33 v.).

44. Cf. "Diz o Alferes José Pereira Arouca rematante da nova Cadeya desta cidade que elle tem satisfeito na forma das condiçoens e Risco, e tem vencido o coarto pagamento na forma das mesmas condiçoens com que rematou que hé estando a dita obra com o cimalha real corrida toda em roda e pur cuja razão requer a vm. ces. e sirvão mandar louvados para reverem a dita obra se está ou não na forma das condiçoens e nomeia pela sua parte Francisco Alves Quinta e José Antonio de Britto p.ª vm.ces. aprovarem hum e nomearem quem forem servidos por parte do Senado" ... "Louvamo-nos em Domingos Moreira e aprovamos a José Antonio de Britto. Mariana em Cam.ª de 8 de dezembro de 1786" (Contas da Câmara de Mariana, maço 218, arquivo da Prefeitura Municipal da mesma cidade).

45. Nos mss. pertencentes ao Instituto Histórico e Geográfico Brasileiro e ao arquivo da DPHAN, lê-se: Francisco de Lima, hábil artífice. Este qualificativo é, efetivamente, mais adequado a Francisco de Lima, como se depreende das observações feitas por Lúcio Costa, a seu respeito, na "Introdução".

46. Cf. A 10 de outubro de 1774, Francisco de Lima foi ajustado para "governar" e executar a obra de Igreja da Ordem 3ª de S. Francisco de Assis, de São João del Rei, na forma de "hú risco que se lhe apresentou". A 8 de janeiro de 1781 foi incumbido de ir a "Villa Rica ou em qualquer parte onde se achar o Architecto que fez o risco da igreja", para encarregá-lo de fazer também o risco do retábulo da capela-mor, guarnições, remates das frestas, óculos das mesmas e o barrete. A 11 de setembro de 1785, à vista de ponderações de Francisco de Lima, e tendo-se em conta que, não só ele exercera as funções de mestre da obra de pedra, como também "assistira na pedreira, e tivera ofício de Architecto tirando novas plantas, e novos desenhos, como nam.ma. se vê" ... resolveu-se que ele continuasse na administração da obra e fizesse pr. "Suas maons toda a Lavrage doseu officio qfoçe mais mimosa e suprior acapacidad. e dos outros officiais" (Livro 20 de Termos da Ordem 3ª de S. Francisco de Assis, fls. 106 v., 120 e 123 v.).

47. Não foi encontrado documento comprobatório de ter sido Antônio Gonçalves Barcarena o arrematante das obras da igreja matriz de N. S.ª do Bom Sucesso de Vila de Caeté. O que se verificou, pela documentação apurada, foi que a obra da capela-mor da matriz em questão teve como arrematante Antônio da Silva Herdeiro. De fato, a 20 de abril de 1756, "nesta Villa Rica de N. Sª do Pilar de Ouro Preto em casa e residência do Dr. Provedor da Fazenda Real Domingos Pinheiro, cavaleiro professo na Ordem de Cristo, estando elle ahy presente com o Dr. Procurador da Coroa e Fazenda Real José Manoel de Siqueira e o Thesoureiro della, o Capm. Manoel Gomes Duque, comigo escrivão da mesma, por efeito de se proceder a arrematação da obra que tão somente pertence à Capella-mor da Igreja Matriz da Freguezia de N. Sr.ª do Bom Sucesso de Villa Nova da Raynha do Cayeté, na forma das Ordens de S. Mag., sua planta, condições e apontamentos respectivos a mesma obra, que tudo se acha copiado a fls. 44, por terem findo os dias dos Editaes, para ser arrematado por quem menos o fizesse" ... "e entre vários lanços que houve o

47. Santuário de N. S. Bom Jesus de Matozinhos. Congonhas do Campo.
Passo da Crucificação, Personagem. (Foto Gautherot).

menor foi de 14.000 cruzados que lançou Antonio da Silva Herdeiro, Mestre Pedreiro, que presente se achava para a fazer como determinava a ordem do dito Senhor na forma de sua planta e apontamentos pertencentes "a mesma obra" (Códice n° 75, s.S.D.F do Arquivo Público Mineiro, págs. 91 e 99).

48. Nos documentos até agora encontrados, referentes à matriz de N.S.ª do Bom Sucesso de Caeté, o nome de Manuel Francisco Lisboa só é mencionado a 24 de maio de 1758, como fiador das obras do respectivo retábulo, arrematadas por José Coelho de Noronha (Códice n." 75, S.C.P.F, fls. 104 e 127, apud Feu de Carvalho, Estado de Minas, Belo Horizonte, 21-III-1942).

49. O que se conseguiu apurar dos códices e mss. Avulsos compulsados, referentes à matriz de São João do Morro Grande, atual Barão de Cocais, foi a participação do Aleijadinho, a 4 de junho de 1785, como louvado nas respectivas obras: "o rematante da obra Miguel Gonçalves de Oliva nomeou p.a seu louvado o m.º Antonio Franc.º Lx.ª" ... (Livro 1 ° de Termos e Eleições da Irmandade do S.S. Sacramento do Morro Grande, fls. 44, apud Salomão de Vasconcelos, Folha de Minas, Belo Horizonte, 27-XI-1938). Do Livro de Receita e Despesa da Irmandade do S.S. Sacramento de São João Batista do Morro Grande, a fls. 103, consta, porém, um lançamento datado de 1762, segundo o qual a autoria do risco do edifício atual da igreja pertence a José Coelho de Noronha: "P ouro que paguei a José Coelho pelo Risco que fez p.a a Igr,ª Nova 50/8.as". Não obstante, o estudo técnico do traçado do monumento parece levar à conclusão de que houve, pelo menos, intervenção do Aleijadinho no desenho peculiar do frontispício e do arco-cruzeiro do templo, assim como na inovação ousada de dispor as torres diagonalmente em relação ao corpo da igreja. Até mesmo no traçado sinuoso do adro há indícios do estilo característico de Antônio Francisco Lisboa. De outra parte, o que se tomou indubitável, em relação à Matriz de Morro Grande, à vista da moldagem direta executada recentemente na imagem de pedra-sabão de São João Batista menino, colocada no nicho da fachada principal, é que essa obra foi esculpida pelo Aleijadinho. Embora ainda não tenha sido moldada, a escultura da tarja do arco-cruzeiro da igreja apresenta indícios veementes da mesma autoria.

50. Cf. "Termo de junta que sefaz nesta Ven.el Ordem 3ª da Penitencia do N. Patriarcha S. Frc.º desta V.ª de S. Joam del Rey sobre aseytação e provaçãm do risco para se fazer a nova capella desta Ven.el Ordem cujo rysco veyo de V.ª Rica"

Aos oito dias domez de Janr," de mil sete sentos setenta e quatro annos nesta villa de S. Joam del Rey em o Consistorio desta Ven.el Ordem 3ª de S. Franc.º em meza" ... "por todos foy visto o risco que se tinha mandado fazer avilla rica p. a a fatura da nova capella desta Ven. el Ordem pello qual risco se tinha dado de premio aquem ofez a quantia de secenta mil reis" ...

"Termo emque seacordou mandar fazer orisco p: o retabolo da Capela moro Goamiçoens eremates da frestas e ocullos da mesma e do barrete. Aos oitos dias domez de janr.º" de mil setecentos eoitenta e hú annos, em Consistório desta Venerável ordem 3ª da Penitencia, em Meza da mesma ordem prezidindo o N. C. Oro Comissr.º o Rd.o. Ant.° de Pinho Montr,º e os mais Irmãos demeza Abaixo asignados foi porposto mandarse fazer o risco do retabollo da capella mor goarniçoins, eremates das frestas eoculos das mesmas e o barrete obra por haver naocazião prez.te igual comodidade para afactura da mesma havendo alguns ofricimentos de Irmaons" ... "Comquanto o retabollo sedetreminou mandarse fazer odito risco, epara este sefazer com acerto rogamos ao N.C.Ir. Franc." de Lima Cerqur," mestre daobra de pedra como mais inteligente esaber dos perceitos desta, por exestir e depender hua da outra fose Avila Rica ou emoutra qualquer parte onde seachar o Arquicteto que fez o risco da Igr=fasa o que neste seporpoz dandolhe para isso os perceitos neces.ros para oq levava o risco da mesma obra, ou em todo ou emparte"; ... "etudo omais recommendamos em que, atenta asua capacidade e siencia de Arquitetura não haja defeito e também namesma Meza sedetriminou que vindo odito risco secomvoque a Meza os Irmaons para darem oseu consentimento" ...

"Termo deajuste quese fez com o M.e. das obras arquirim.to do mesmo.

48. Santuário de N. S. Bom Jesus de Matozinhos. Congonhas do Campo.
Passo da Ceia. Judas. (Foto Matos Siqueira).

Aos 11 de 7br.o de 1785 em meza aq prezedio o Rd." Pe. Comisario Com assist." do Irm. ViceMin°, emais Deffrinitoria abaixo asignados, requereo o Irm. Prc.or. G.al Francisco de Lima Cerqr.ª se Lavrace termo doq se accordou na Meza Congregada a 13 de Fevr,° do prez.e anno para aqual forão tambem convocados alguns extraordinarios q. do reprezentou Elle do. ° Cerqur. a pr sua pitam. que sendo ajustado por esta Cogregação para ser Mestre e administrador das obras danovacapel a, epara Lavrar Cantaria debaixo do tellheiro o tempo que lhe foçe possi vel, como milhor consta dos tr.°s. fl. 106 fl. 114 não só elle exercera od.° emprego, mas além diso asistira nas pedreiras, etivera officio deArquitecto tirando novas plantas, enovos dezenhos, como nam.ma obra seve; eq vendo-se osup.° falto desaude para poder continuar todo odia empé na sobrd." Lavrage, requerera a Meza q oLivraçe dod." ajuste eLigendo outro admenistrador" ...

"Também requereo o d.° Irm Proc.ᵒʳ seLavrace termo doq seasentou na referida Meza de 13 de Fevr," sobre afatura desacristia, que ele requerera como mt.° necessaria p.ª se poder continuar o Corpo (ilegível) da nova capella, ofertando nam.ᵐᵃ" ocasião hua planta (quase toda uma linha ilegível) seavia deser" (toda a linha ilegível)...

"Quanto aopr," ponto declararão os irmãos sobred.° abaixo asignados, que nad.ª Meza de 12 de Fevr. ° sedetriminou uniform.ᵗᵉ continuasse om.ᵐᵒ Irmão Franc. ° de Lima debaxo dom.ᵐᵒ ajuste na admenistração daobra, tanto adepedra, como ademadr," zelando epromovendo todo oaugm.ᵗᵒ dam.ᵐᵃ como fazia delle sempre seesperava com acondição defazer pr. suas maons toda lavrage doseu officio q' foçe mais mimoza, superior acapacidade dos outros oficiais.

Q.ᵗᵒ ao 2° ponto declarão dama.ᵐᵃ sorte, que foi geralmente aprovado o sob risco que serve de supplm.ᵗᵒ ao de Ant.° *Mrz* (no texto foi riscado o nome de *Mrz* e à margem escrito *Franc.° Lx.ª* como tambem fora approvada a sachristia ao Lado;" ... (Livro 2° de Termos e Deliberações da Mesa, fls. 105 v., 120 e 133 v.).

51. Cf. "Em 11 de novembro de 1783, oficiou o capitão general Luiz da Cunha Menezes, à Camara de Vila Rica, pedindo contas da receita e despesa, dívida ativa e passiva; o que foi satisfeito em 24 do mesmo mês. Provavelmente, pôs na real notícia de s. maj. D. Maria I, que as rendas da Câmara não comportavam maiores despesas para poder satisfazer as que acarretavam as obras da Casa da Câmara e cadeia, porque, em ofício de 1 ° de abril de 1784, e mesmo general participou ter s. maj. concedido loterias a favor da Câmara para seu líquido produto ser aplicado às obras referidas. Daí vem o princípio das loterias e da obra da cadeia de que foi *mestre Manuel Francisco*, por alcunha *O Botas*, sob as ordens do inspetor que se chamou capitão José Joaquim da Silva Brum". Feu de Carvalho, *Reminiscências de Vila Rica*, in *Revista do Arquivo Público Mineiro*, bol. XIX. Pág. 306).

52. Cf. José Coelho de Noronha recebeu, em 1744, 346/8as. "pela obra que com ele se ajustou do retábulo da Senhora" e, em 30 de março de 1751, recebeu mais 338/8as. "do preço de que me ajustei a fazer o retábulo para a Senhora da Conceição" da Matriz da Vila do Carmo (Livro de Receita e Despesa da Irmandade de N. S.ª da Conceição da Vila do Carmo, fls. 5v., arquivo da Cúria de Mariana, e Livro de recibos acórdãos e termos da mesma irmandade, fls. 3, arq. Cit.).

A 3 de novembro de 1754, José Coelho de Noronha fez entrega da obra executada para a Matriz de N.S.ª do Pilar do Ouro Preto: Conserto do trono, levantamento da cúpula da tribuna da Capela-mor e colocação dos bancos do trono para diante (Livro de Termos da Mesa do S.S. sacramento da freguesia de N.S.ª do Pilar, fls. 89v.).

Sua obra mais importante, porém, parece ter sido a que executou na matriz de N.S.ª do Bom Sucesso, de Caeté: a 24 de maio de 1758 arrematou a obra de talha e douramento da igreja pela importância de 16.000 cruzados, sendo seus fiadores o Capo João de Souza Lisboa e Manuel Francisco Lisboa (Códice n." 75, S.C.D.F., Arquivo Público Mineiro, fls. 104, 127, 128, *apud* Feu de Carvalho *ob. cit.* na nota 34, e Códice n.° 148, *Documentos demonstrativos da despesa geral,fls. 71. S. C.D.F.,* do Arquivo Público Mineiro).

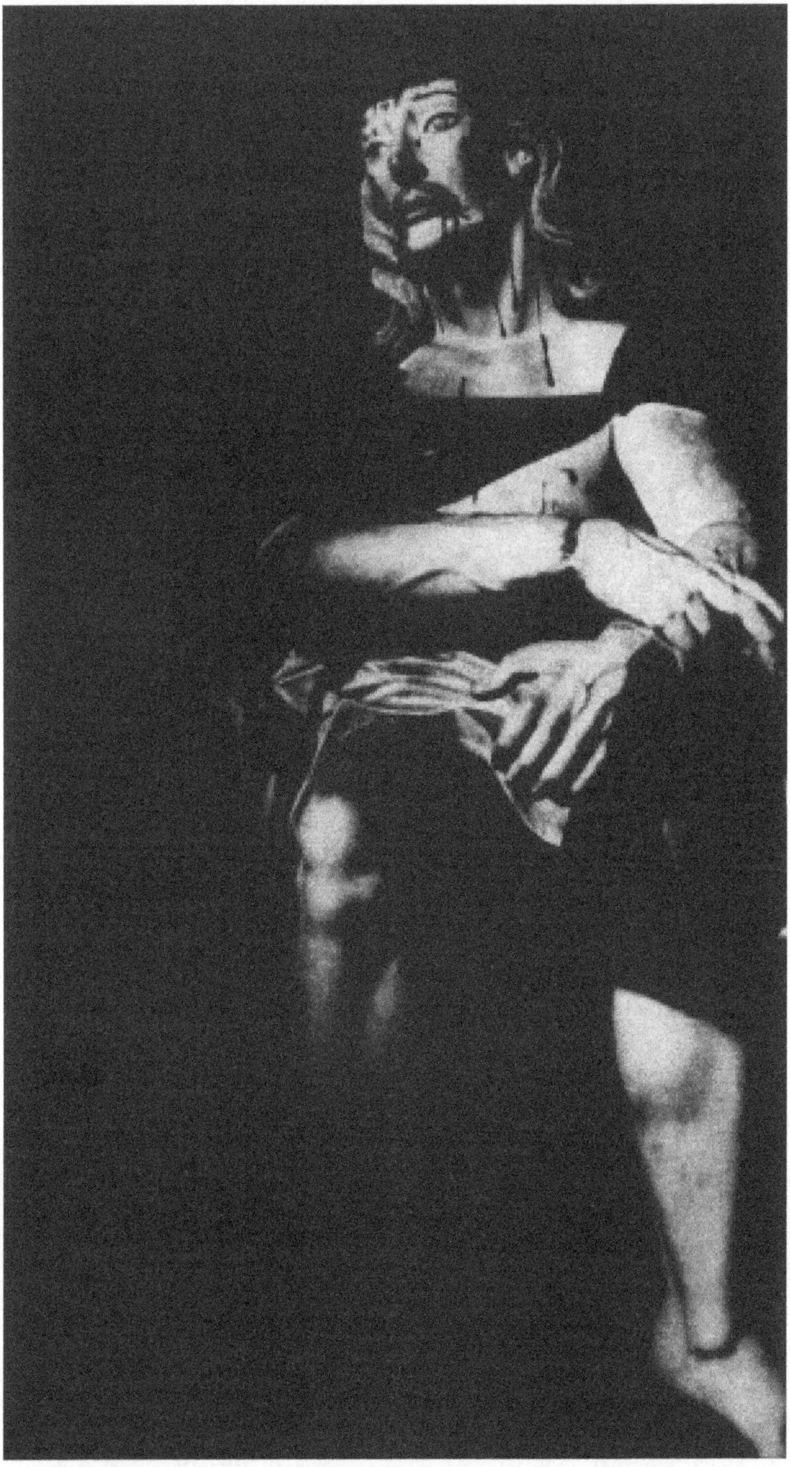

49. Santuário de N. S. Bom Jesus de Matozinhos. Congonhas do Campo. Passo da Flagelação. Cristo.(Foto Matos Siqueira).

53. Francisco Xavier de Brito, mestre escultor e entalhador, arrematou em 1735 a obra de talha do frontispício (interno) e da cimalha da Capela da Ordem 3.ª de S. Francisco da Penitência, do Rio de Janeiro, e, em 1738, a obra de talha dos retábulos dos altares laterais da mesma igreja (Livro 2.° de Resoluções e Termos, fls. 58,72 v. e 78). Trabalhou depois em Minas, na igreja de Santa Ifigênia do Alto da Cruz e na Matriz de N.Sª do Pilar, do Ouro Preto. Correspondendo aos serviços executados na primeira, recebeu nos anos de 1747/48, juntamente com Manuel Gomes da Rocha, 270/8as de ouro "de fazer a escultura para a Obra" (Livro de Receita e Despesa da irmandade de N.S.ª do Rosário dos Pretos do Arraial do Padre Faria, fls, 57); na segunda, arrematou, a 13 de abril de 1746, por 15.000 cruzados, a "obra de talha e Zimborio da Capella-mor tudo na forma do risco e condições"; em 1747, à vista de se ter verificado "alguns erros que seachão no risco principal por donde arrematou a dita obra como he o remate do dito retabulo e nichos das Ilhargas e sacrario e que tudo visto e examinado por nós achamos conveniente o fazer-se o dito remate nichos e sacrario na forma que se acha no dito risco que fez o dito Francisco Xavier de Brito por ficar em mais alegância e perfeição" ... (Livro de Termos da Irmandade do S.S. Sacramento, fls. 53, 65 e 71 v.). Faleceu a 24 de dezembro de 1751 (Livro de entradas de Irmãos da Irmandade de S. Miguel e Almas da Matriz de N.S.ª do Pilar, fls. 154 v.).

54. Cf. Felipe Vieira recebeu, no ano de 1764 para o de 1765, 35/8as. "a Conta da Talha" da Matriz de N. S.ª da Conceição de Vila Rica (Livro de Receita e Despesa da respectiva Irmandade, fls. 171 v.). Trabalhou mais na Igreja de Santa Ifigênia do Alto da Cruz, tendo recebido, em 1747/ 48, 391/8as. e 1/2 e 3 v. "de alimpar a dita obra" de talha; em 1754, recebeu 43/8as. da "talha para o dito forro" da capela-mar e, em 1756, recebeu 490/8as. "ouro que se deu aos mestres entalhadores Felipe Vieira e Jeronimo Felix Teixr.', rematantes da dita obra" de talha (Livro de Receita e Despesa da Irmandade deN. S: do Rosário dos Pretos do Arraial do Padre Faria, fls. 57, 60 v. e 63).

55. Jeronimo Félix Teixeira trabalhou em Itabira do Campo, na igreja de N. S: do Rosário, de cuja Irmandade recebeu, em 1754/1755, 32/8as. "de hum frontal de talha que fez para o Altar da N.S:ª (Livro de Receita e Despesa da Irmandade de N: S.ª do Rosário, fls. 83 v.); em Ouro Preto, na Igreja de Santa Ifigênia do Alto da Cruz, onde recebeu, em 1756, da irmandade de N. S: do Rosário dos Pretos, 490;8as. "ouro que se deu aos entalhadores Felipe Vieira e Jeronimo Feliz Teixr,ª rematantes da dita obra" de talha (Livro de Receita e Despesa da mencionada Irmandade, fls. 63); trabalhou ainda em Congonhas do Campo, onde recebeu 779/8as. 34, e 3 v. da "entalha" dos altares colaterais da igreja do Bom Jesus de Matozinhos (Livro 1.° de Despesa do Santuário, ano de 1765 a 1769, fls. 6).

56. Francisco Vieira Servas (no texto está Selval) trabalhou, juntamente com outros oficiais, na obra de talha da igreja matriz de N. S.ª da Conceição de Catas Altas (Livro da Irmandade do s .. Sacramento, fls. 84 v.); em Mariana ajustou, a 21 de janeiro de 1770, a obra de talha do altar-mar da igreja de N. S.ª do Rosário (Livro de Termos da respectiva Irmandade, fls 47v., 52 e 85); na igreja de N. S.ª do Carmo da mencionada cidade de Mariana, a 14 de fevereiro de 1801, estando em desacordo com as peças que já havia feito o mestre José Bernardes de Oliveira, apresentou, juntamente com José da Silva, novas condições para o conserto da verga da porta principal (Livro de Termos da Ordem 3ª:, fls. 114 v.); e, no ano de 1801 para o de 1802, recebeu 101 e 1/2 e 6 v. "aconta do trono" da igreja de S. Francisco de Assis, de Mariana (Livro de Receita e Despesa da Ordem 3ª:, fls. 74). Trabalhou ainda em Congonhas do Campo, onde recebeu em 1777 85/8as. "P. Coatro anjos Gr." (Livro de Despesa do Santuário do Senhor Bom Jesus de Matozinhos, fls. 12); e em Sabará, onde contratou, a 20 de janeiro de 1778, a obra do altar do lado do Evangelho, da igreja de N. S: do Carmo. A 19 de agosto de 1806, ajustou, de sociedade com José Fiz. Lôbo, o retábulo da capela-mor, sob o risco que apresentaram (Livro deTermos da Ordem 3:, fls. 68,122 v. e 134).

57. Manuel Gomes figura como carpinteiro no Censo Geral dos Ofícios, realizado em 1746/ 1747 na Comarca de Vila Rica (Códice n." 90, D. F., Avulsos do Arquivo Público Mineiro). Nenhum documento porém, foi encontrado até agora com referência à sua atuação como louvado nas obras da matriz de N. Sª da Conceição de Antônio Dias.

58. Luís Pinheiro trabalhou no retábulo da igreja de S. Francisco de Assis, de Mariana, recebendo pelo serviço, nos anos de 1776 para 1777, 35/8as. e 1/2 e 2v., correspondentes a um pagamento, e mais 6/8as. de outro. Nos anos de 1777 para 1778 recebeu mais, em várias parcelas, 280/8as. e 1/2 "da fatura do retabulo da igreja" (Livro de Receita e Despesa da Ordem 3.ª, fls. 34 e 35). Na igreja de N. S.ª da Mercês e Perdões, de Vila Rica, recebeu em 1777, da respectiva Irmandade, 21 /8as, por duas portas grandes (Livro de Receita e despesa da Irmandade de N. S. a da Mercês e Perdões, fls, 38 v.). Na igreja de São Francisco de Assis, de S. João del Rei, foi nomeado a 11 de julho de 1781 para único mestre da obra do retábulo da capela-mor (Livro 2.º de Têrmos da Ordem 3.ª, fls. 133). E, em l." de agosto de 1790, opinou juntamente com Francisco de Lima no sentido de não se fazerem quadradas as torres da igreja de N. S." do Carmoda mesma cidade e, sim, fossem executadas pelo risco isto é, redondas "como nelle se mostra" (Livro de Têrmos da Ordem 3.ª de N. S.ª do Carmo, fis.140). Finalmente, trabalhou na igreja do Santuário do Senhor Bom Jesus de Matozinhos, em Congonhas do Campo, onde recebeu em 1782, 10/8as. "para pagar dois Anjos grandes" que fez para a caixa do órgão, e mais 209/8as. "pela cx," do Orgão, grades, e outras obras que fez p.ª a capella". Recebeu ainda, em 1784, 3/8as. e 1/2 e e 1 v. "de Despesas que fez para a capella" (Livro l ," de Despesas do Santuário, fls, 14 v. e 16).

59. A não ser no termo de 11 de setembro de 1785, pelo qual a Ordem 3.ª de S. Francisco de Assis, de S. João del Rei, aprova o risco "que serve de supplemt.° ao de Ant.° Mrz", termo esse em cujo texto foi riscado o nome de MR 'z, escrevendo-se à margem Franc. o Lx. a (v. nota 34), nenhum outro documento referente às atividades de Antônio Martins foi até agora encontrado.

60. Esse trecho em que o cronista Joaquim José da Silva assinala a superioridade de contribuição de Antônio Francisco Lisboa na obra realizada pelos escultores mineiros, indicando com uma concisão memorável as características do estilo, das composições e da própria fatura do Aleijadinho, revela a excepcional acuidade crítica do Vereador 2.ª da Câmara de Mariana, na apreciação dos aspectos principais da evolução das artes plásticas na Capitania das Minas.

61. A referência precisa do cronista ao fato de se atarem os ferros ao Aleijadinho "para poder obrar" toma injustificáveis as dúvidas suscitadas por certos escritores sobre a possibilidade de Antônio Francisco Lisboa ter executado a maior parte de sua obra com os instrumentos assim amarrados aos pulsos: trata-se em verdade, do depoimento de um contemporâneo, escrito nada menos de 24 anos antes da morte do artista. Uma vez que o fato é atestado em 1790 por informante da idoneidade do Vereador Joaquim José da Silva, impõe-se como indubitável que obras capitais de Aleijadinho, do valor do retábulo da capela-mor da igreja de São Francisco de Assis de Ouro Preto (1790 a 1794), das esculturas de madeira dos Passos de Congonhas do Campo (1796 a 1799), a estatuária de pedra dos profetas na mesma cidade (1800 a 1805), e dos altares colaterais do Carmo de Ouro Preto (1807 a 1809), e outras ainda, foram executadas já depois de ele ter perdido o uso normal das mãos. Para a obra de escultura em madeira ou na pedra, a utilização dos dedos não é, aliás, imprescindível, ao contrário do que ocorre com a modelagem em barro ou outro material plástico. Ocorre ainda observar, de outra parte, que Antônio Francisco sempre conservou, segundo Bretas, embora quase sem movimentos, os polegares e os índices, informação esta confirmada por numerosos recibos autógrafos e referências a riscos de sua autoria.

62. Além dos documentos citados nas notas 9, 10, 11, 12 e 13 foram encontradas mais as seguintes referências a atividades de Antônio Francisco Lisboa na igreja de S. Francisco de Assis de Vila Rica:

No ano de 1778 para 1779, foi paga a Jerônimo Nicolau a importância de 24$000 "do risco que havia feito Antônio Francisco p.ª a tribuna do altar-mor" (Livro l.º. de Receita e Despesa da Ordem 3ª, fls, 176). Em 1789, recebeu 1 e 1/2 oitavas "de fazer as pedras da ara" (doc. Avulso do arquivo da Ordem 3.ª). Em 24 de agosto de 1792, recebeu, juntamente com José Pereira Arouca, a importância de 145/8'.s. "Pela. Imp.ta da Demonstração da obra conforme o Termo F. 124 do L.º deles em que forão louvados Ant.° Franc.º Lx.ª e José Per," Arouca" (Borrador, fls, 25 e doe.

Avulso do arquivo da Ordem 3.ª V. também Rodrigo M. F. Andrade, ob. cit.). Finalmente, pelas "Condições com que sehade fazer aobra do Retabolo dos dous Altares Colateraes" ... , datadas de 9 de junho de 1829, verifica-se que os mencionados altares deviam ser executados "na forma e maneira que se acha figurado no risco feito pelo falecido Antonio Francisco Lisboa" ... (doe. Avulso do arquivo da Ordem 3.ª).

63. Cf. A 8 de março de 1771, Antônio Francisco foi nomeado louvado por parte do arrematante das obras da igreja de N. S.ª do Carmo, de Vila Rica. João Alves Viana, especialmente para "medissão do risco"; em maio de 1807, recebeu, juntamente com seus oficiais, 352/8:s. 1/4 e 1 v. de ouro, que venceram dessa data até o fim de dezembro na obra dos altares de São João e N. S.ª da Piedade. Data de 20 de outubro de 1801 o "Termo que faz esta Mesa (Ordem 3.ª do Carmo) visto O Me. das Obras ter concluhido os dois altares de S. João e Nossa Snr," da Pied e. seguice am ma. Obra dos Guarda Pós e Camarim nos dois da parte de Sima de Santa Quiteria e Santa Luzia na m ma forma dos dois q. se achavão feitos". Em 4 de janeiro de 1809, recebeu mais 545/8'.s. e 1/2 e 7 v. de ouro, de jornais que venceram nos ditos altares (Livro 1.º de Têrmos da Ordem 3:, fls. 163; Livro 3.º de Receita e Despesa da Ordem 3:; fls. 147 e 162; e Livro de Deliberações da Ordem 3:, fls. 70. V. também a respeito Francisco Antônio Lopes, História da Construção da Igreja do Carmo de Ouro Preto, in Publicações do *Serviço do Patrimônio Histórico e Artístico Nacional*, n." 8,1942, prefácio e págs. 27, 72, 73 e 74).

64. Entre os documentos consultados, referentes à construção da Capela das Almas, não se encontrou qualquer referência nominal a Antônio Francisco Lisboa. A edificação, que já se achava iniciada em 1778, teve como mestre Francisco Roiz Lages, que, a esse tempo, recebeu 38/8".s. "a conta do seu ajuste". No mesmo ano de 1778, o canteiro José Francisco recebia a quantia de 6/ 8ª.s. "de preparar a pedra lavrada para o frontispício" (Livro que "hade servir p." nelle se lançarem as esmolas pertencentes á capella das almas das cabeças e as suas despesas", fls. 1 e 2 v.). Dessa época é, portanto, a escultura da portada da igreja.

65. Nos livros e documentos avulsos da matriz de N. S.ª do Pilar, de S. João del Rei, não foi encontrada referência alguma a trabalho realizado ali por Antônio Francisco Lisboa. José Lopes Sobrinho, porém, em artigo publicado na Gazeta Comercial, Juiz de Fora, 11- V-1938, sob o título O Aleijadinho e São João del Rei, nos dá notícia de que o nome daquele artista figura em página esparsa de um livro de receita e despesa da Matriz de São José del Rei, vila vizinha a São João del Rei, hoje cidade de Tiradentes, como beneficiário da respectiva Mesa Administrativa "pela paga de uma planta que ele fizera em 1810 para o frontispício da Igreja". É o seguinte o teor desse lançamento: "Pagou-se ao Aleijadinho pelo Risco do frontispício da matriz 10 oitavas". A existência de tal documento foi mencionada também em reportagem realizada em São João del Rei pela A Noite, Rio de Janeiro, e publicada naquele vespertino a 21-IV-1938, sob o título *A sombra da dúvida sôbre a glória do Aleijadinho*. O documento em causa encontra-se, porém, presentemente extraviado, não se tendo logrado situá-lo, apesar das pesquisas empreendidas com esse objetivo.

66. A respeito da colaboração de Antônio Francisco na obra da igreja de S. Francisco de Assis, de S. João del Rei, foi encontrado no arquivo da Cúria de Mariana um curioso manuscrito anônimo, com caligrafia do século XIX:

"No correr do século passado, foi edificado o majestoso templo de S. Francisco de Assis, de S. João del Rei, que é um monumento que atesta a religiosidade de seus fundadores. Tem êle na porta principal a era de 1774 q. não é a de sua fundação, mas, sim, do acabamento.

A obra do frontispício, q. é primorosa, foi encarregada a F, conhecido pr. Aleijadinho, q. realmente o era, segundo a tradição, pr ter falta de quase todos os dedos das mãos, em consequência de moléstias que sofreu; tanto que consta que estando em certa ocasião fazendo uma escultura em pedra naquela obra, um aldeão admirado do primor do trabalho elaborado por mãos que sustinham os instrumentos presos artificialmente, dissera "Que mãos!" O operário, tomando como censura ao seu aleijão, respondera colérico e com os braços erguidos: Estas que estás vendo, referido-se às mãos, já foram como as suas, que também poderão tomar-se como as minhas. Ao que retorquiu o aldeão que não censurava o seu defeito, mas, sim, admirava o trabalho que de tais mãos partia.

Este insigne escultor, que dotou S. João del Rei de um monumento de tanta grandeza, porque o fronstispício a que se alude é admirado por todos que sobre ele lançam vistas com atenção, está ignorado da geração presente, que ignora até o seu nome, mas com algum trabalho se poderá colher dos livros da ordem de S. Francisco o seu nome e outras circunstâncias.

Consta que no mesmo século 18 aquele artista esculpiu em pedra o apostolado, isto é, os 12 vultos que ornam o átrio da igreja do Senhor Bom Jesus de Congonhas, não se sabendo se antes ou depois do trabalho em S. Francisco.

Este templo, como já dito fica, é uma maravilha.

Deixando de parte o seu todo, que é gigantesco, para ser avaliado basta descrever-se a sua fachada.

As Torres são oitavadas e se elevam em altura a mais de 40 metros. Terminam elas com uma abóbada circundada por um avarandado guarnecido de balaustrada. Na fachada, que é formada elegantemente, acha-se a imagem de Cristo crucificado, em posição algum tanto oblíqua, e, abaixo, um grupo em vultos naturais, de S. Francisco em ato de receber as chagas, com outras mais.

Sobre a porta principal, entre relevos de aprimorado trabalho, se acha a Virgem da Conceição circundada de inúmeros serafins, que dão grande relêvo ao quadro. Numa fita elegantemente traçada em caracteres muito distintos, lê-se: Tota Pulchra Est Maria &&, tudo isto traçado e esculpido em pedra azul.

A pedra que faz o fecho da verga da porta contém a cabeça de Cristo, tão expressiva, que, ao encará-la, infunde o maior respeito.

Enfim, só com a vista se pode aquilatar do merecimento da obra mencionada, e que fora executada por mãos privadas de suas naturais funções".

67. Parece ter havido engano por parte do A. ao informar que o Aleijadinho "exerceu sua arte"na matriz de Sabará, pois a obra de talha deste templo é mais antiga. Onde Antônio Francisco realizou grandes obras foi na igreja de N. S.ª do Carmo daquela cidade a partir de 1770, quando recebeu a importância de 134$400 por trabalho não especificado. Daí em diante, seu nome figura várias vezes em diversos documentos: no 1.° semestre de 1774, recebeu mais a quantia de 168$000 por trabalho também não especificado; no 1.° semestre de 1778, recebeu 32/8".s de ouro por ter servido como louvado na avaliação dos acréscimos executados na igreja por Tiago Moreira; no 1.º semestre de 1779, recebeu mais a importância de 50/8".s de ouro pelo feitio das imagens de Santos não especificados e ainda 4/8".s de ouro "de tirar a planta das grades da igreja e da viagem aver asmadr a.s para aobra"; no 1.º semestre de 1781, recebeu 56$775 por trabalho não especificado, e a 25 de novembro do mesmo ano ajustou a obra das grades do corpo da igreja, coro, púlpito e portas principais; na qualidade de mestre da mencionada obra, recebeu mais no 2°. semestre de 1781, a quantia de 36$225 e, em 1783, mais 179$500; a I". dejunho de 1806, assentou a Mesa da ordem 3ª do Carmo que fosse feito o retábulo da Capela-mor "pelo risco que desse o Mestre Antônio Francisco Lisboa e o rol das madeiras necessárias"; em agosto de 1806, "foi levado a capella pr alguns devotos Irmãos, ealideu o seu parecer sobre a formalide da obra" do retábulo da capela-mor "fallandose lhe em ajuste nenhum quis fazer, assegurando que só trabalhava pelo jornal de hua oitava por dia, e que alem deste se lhe havia de dar off.es de sua escolha, e outras condiçõens que amedrontou aos irmãos para mais não fallarem na obra" ... (Livro 1.° da Receita e Despesa da Ordem 3.ª, fls. 70, 83,141,151 e 151 v., 165,166,167,181 e 207; Livro de Têrmos da Ordem 3ª, fls. 120v. e 121; Livro de Registos, n." 1, fls. 68, 68 v. e 69; v. também Zoroastro Viana Passos, *Em tôrno da História do Sabará*, in *Publicações do Serviço do Patrimônio Histórico e Artístico Nacional,* n.º 5, 1940)

68. Não foi encontrado até agora qualquer documento referente a trabalhos de Antônio Francisco na "capela de São Francisco de Mariana; em ermidas das fazendas da Serra Negra,

Tabocas e Jaguara do dito termo de Sabará, e nos templos de Congonhas deste último termo, e de Santa Luzia". Da Sucinta descrição da Fazenda da Jaguara no Estado de Minas, Trabalho anônimo publicado na *Revista do Arquivo Público Mineiro*, ano XI, 1906, destaca-se, porém, o seguinte, à pág. 591: " ... Menção especial merece-a um belo templo-igreja, de duas tôrres, construído de madeira aroeira, pedra e cal em1786 à custa de Antônio de Abreu Guimarães - o instituidor do vínculo do Jaguara. Encerra a igreja vários objetos próprios do culto cristão, atestando a fé dos antigos proprietários, e contém imagens representativas das figuras Divinas" ... "A par dessas preciosidades o Templo mostra obras de talha algo preciosas e por muitos atribuídas ao notável artista que na legenda ou na história da arte brasileira é designado pelo nome sugestivo de Aleijadinho, ao qual dão a paternidade de curiosos trabalhos em outras igrejas do Estado de Minas". O exame técnico procedido pelos peritos da DPHAN nas peças trazidas da igreja da Fazenda da Jaguara para a matriz de Nova Lima confirma plenamente a atribuição.

69. Cf. Santuário do Bom Jesus do Matozinhos de Congonhas do Campo. Nos anos de 1796, 1797 e 1799, Antônio Francisco Lisboa recebeu, respectivamente, 177 /8".s. e 3/4 "pela factura das imagens p.a os Passos do Sr.º; 364/8ª.s. e 1/2 e 1 v. "pela facturadas imagens par os Passos"; e 395/8".s. 3/4 e 4 v. "pela factura das Imagens par os Passos do Sr", Em 1800, 1802, 1804, 1805, recebeu, respectivamente, 221/8ª.s e 2 v. "pela factura dos Profetas p.ª Adro da Capela do Sr."; 75;8".s. 3/4 e 5 v. "pela factura dos Profetas, 80/8ª.s. e 4v."pela factura das figuras para o Sgd." Adro da Capela do Sr". Em 1806 recebeu 30/8ª.s. 3/4 v. do resto das lâmpadas para a Capela do Senhor e, em 1808, 4/8ª.s. "por uns castiçaes" (Livro 1.° de Despesa do Santuário, fls. 32, 33 v., 35 v., 48, 53, 57, 58 v., 61 v. e 67).

70. A aludida "plantada Capela de S. Francisco de Assis", de S. João del Rei, corresponde ao risco mais importante dentre os já assinalados, não só por se haver apurado ser insofismavelmente da autoria do próprio Antônio Francisco Lisboa, como pelos esclarecimentos que proporciona e as conclusões a que conduz. Foi encontrado casualmente na seção de estampas da Biblioteca Nacional pelo Sr. Francisco Marques dos Santos, quando ali procedia a pesquisas com outro objetivo, e a circunstância feliz de se achar presente, no momento, um técnico da DPHAN permitiu ajuizar desde logo do valor da peça e identificá-la — embora diferisse bastante da obra efetivamente executada — com o risco aprovado em 1774, quando da construção da capela dos irmãos terceiros de S. Francisco, em S. João del Rei, o que depois se confirmou pelo confronto com o risco da fachada lateral do mesmo projeto, então ainda conservado no arquivo da irmandade e agora exposto juntamente com o do frontispício, no Museu da Inconfidência, em Ouro Preto.

A autoria desse projeto, atribuída pela tradição e por esta referência de um contemporâneo autorizado a Antônio Francisco Lisboa, foi posta em dúvida pelo fato de a ata a ela alusiva referir o nome de Antônio Martins como autor do risco aprovado, figurando a abreviatura de Franc.º Lx.ª apenas como emenda da época, à margem do texto. Entretanto, o estudo e confronto do risco em questão com várias obras executadas onde a interferência de Antônio Francisco Lisboa já foi devidamente comprovada, não só confirma definitivamente tais atribuições, como ainda permite determinar-se e precisar a natureza e o alcance de sua intervenção em muitos casos em que a documentação não é suficientemente explícita.

71. Além das referências antigas já citadas, feitas a Antônio Francisco, cumpre mencionar as seguintes:

A 18 de março de 1771 foi convocado pelo vigário de então, Manuel Jesus Maria, para medir o risco da capela-mor da igreja de São Manuel do Pomba e Peixe, como se vê do termo e parecer do artista publicado por Salomão de Vasconcelos. *O Aleijadinho no Rio Pomba*, in *O Diário*, Belo Horizonte, 26-1-1941, e que vão transcritos abaixo:

"Ilm.º Exm.º Sr. Diz o padre Manuel de Jesus Maria, vigário dos índios, que o Sup. Alcançou de V. Ex. despacho para se pôr em praça a Igreja Matriz do Mártir S. Manuel, ereta em benefício da cristianização 'dos índios dos sertões do Rio Pomba, para o que se fez o risco, para se fazer com sua capelinha-mor e corpo, e como V. Ex. fôr servido por último mandar rematar tão somente a capela-mor, e indo os oficiais dar princípio às madeiras e fazer na Aldeia sua Roça, para, em tendo mantimento, ir continuar a obra; e terem declarado ao Sup. que a dita capela-mor não tem mais de 25 palmos de comprido; e parecendo ao Sup. que seria engano dêles, lhes pediu o risco e mandou medir pelo arquiteto Antônio Francisco Lisboa, o qual fêz a declaração junta, de que não tem mais de 24 palmos de comprido pela medição que, fazendo-se o Camarim na forma que aponta a condição e foi arrematada, vem a ficar muito pouca distância entre o Arco e o Presbitério; para nêle se acomodar algumas pessoas, diz o mesmo Arquiteto que necessita ao menos de mais 20 palmos de comprido e na largura 6 palmos; e porque enquanto não se levantam os esteios, pode ter remédio com mais facilidade, recorre o Sup. à grandeza de V. Ex. para que, atendendo a que só se faz a capela-mor, se digne V.Ex., parecendo justo, mandar-lhe alguma providência para que não fique essa obra tão defeituosa por ser dedicada ao Culto Divino e à cristianização dos índios" ...

"Medi o risco da Capela-Mor da igreja do Mártir São Manuel dos Índios do Rio do Pomba, achei ter de comprido 24 palmos e de largo 19; a capacidade para o Camarim que expressa a condição 7.º a seu Altar e Presbitério acha-se só ter 10 palmos, ficando 14 livres até o Arco-Cruzeiro, na forma do risco; porém, em 10 palmos se não pode meter o Camarim, e o mais porque só para se fazer o dito Camarim na forma da condição em que foi arrematada esta obra, para nêle se fazer Trono para o Santo, se carece de passar 10 palmos; para a banqueta, altar e estrado se carece de sete; para o Presbitério, ao menos de 6; que, incluídos em os 24 que tem o risco, só sobra um palmo entre o Presbitério e o Arco. Vila Rica, 18 de março de 1771, Antônio Francisco Lisboa" (Códice n. ° 136, S. C. do Arquivo Público Mineiro, pág. 3).

A 5 de agosto de 1772, entrou para a Irmandade de São José, de Ouro Preto, e "Deu de sua Entrada 2/8ª.s. as quaes sehão de descontar no q. a Irmand.e. lhe deve do risco da Obra da Capella mór" da respectiva igreja. O teor do recibo correspondente a esse trabalho é o seguinte: "Recebi do Thez." do Patriarcha São José, o Snr. Alferes José de Araujo Correa quinze oitavas por huma planta e risco que mi mandou fazer para o retabulo da capella mor e para verdade pacei este de minha letra e sinal Villa Rica 20 de junho de 1773. a) Antonio Francisco Lisboa". (Livro 1.° de têrmos e admissão de irmãos, fls, 39 e Livro do Tesoureiro da irmandade de São José dos Pardos, fls. 40).

Da irmandade de Santo Antônio da Matriz do Pilar, de Vila Rica, recebeu em 1810, 14$400 "do feitio de coatro anjos de madeira que fez para o andor" (Livro n." 11 de Receita e Despes mencionada Irmandade, fls. 58).

72. Tal como já consta da nota 67, *in fine*, em 1806, foi Antônio Francisco levado à igreja do Carmo, de Sabará, para dar parecer sobre a obra do retábulo e, "falando-se-lhe em ajuste, nenhum quis fazer, assegurando que só trabalhava pelo jornal de 1/8.ª por dia", e que, além disso, haveria de ter os oficiais de sua escolha. (Livro de Registo da ordem 3ª., fls, 61,68 e 68 v., e Zoroastro Viana Passos,ob. cit.). Não obstante, Antônio Francisco já havia trabalhado por "ajuste", tal como se viu, em relação à obra do retábulo da igreja de S. Francisco de Assis, de Ouro Preto e na própria igreja do Carmo, de Sabará.

73. Justino de Andrade ajustou, com efeito, a 25 de fevereiro de 1812, a fatura da talha de dois altares colaterais e púlpitos da igreja do Carmo, de Ouro Preto. Além desse trabalho, contratou, a 26 de junho de 1816, a fatura de 56 castiçais de madeira, de "hüa so face obrada pelo Risco q fez" e mais 8 palmas de madeira. A 18 de julho de 1810, ajustou "fazer hum retabolo de altar p." o Consistorio da Igreja" e mais "dois jogos de portas para intrada dos corredores da Sacrestia junto ao Arco Cruzeiro". A 23 de agosto de 1821, ajustou a fatura de "dois jogos de portas de madeira de Jacarandá" e mais "dois Anjos de madeira de Cedro p," o remate do retabolo" ... "conforme adereção do mestre Vicente Alves" ... (Doc. Avulso do arquivo da Ordem 3ª. V. também Francisco Antônio Lopes, ob. cit. na nota 47).

74. No manuscrito do A., pertencente ao Instituto Histórico e Geográfico Brasileiro, lê-se: *Joana Francisca de Araujo Correia.* Foi encontrado o assento de batismo dessa Joana, que é do teor seguinte:

"Aos vinte e tres dias do mês de Maio de mil setecentos e sescenta e nove annos nesta Matriz baptizei epüs os Santos Oleos a Joana innocente, nascida a doze do corrente mês filha natural de Pay incognito e de Ana Lopes crioula quartada por o capitão José da Motta Araujo, e baptizada nesta matriz" de Nossa Senhora da Conceição, de Vila Rica. (Autos de casamento de Manuel Francisco Lisboa e Joana de Araújo Correia, doc. original no arquivo da DPHAN).

75. O têrmo de óbito do Aleijadinho é literalmente o seguinte:

"Aos dezoito dias de Novembro de mil oitocentos e quatorze falesceo Antonio Francisco Lisboa pardo solteiro de setenta e seis anos com todos os Sacramentos encommendado e sepultado em cova da Boa Morte, e para clareza fiz passar este assento em que me assigno.

— O codj.vr, Jose Com.º de Moraes" ... (Livro de Óbitos n." 5 da matriz de N. S." da Conceição de Antônio Dias, em Ouro Preto).

76. No manuscrito do A., pertencente ao Instituto Histórico e Geográfico Brasileiro, lê-se: Manoel Francisco era natural da Freguezia do nome Jezus de Olivellas, do patriarcado de Lisboa, e sua mulher Antonio Maria de São Pedro o era da Vila da Horta da Ilha do Faial.

Essas informações acrescentadas ao texto conferem com os documentos divulgados por Judite Martins, ob. cit.).

77. Os filhos legítimos de Manuel Francisco Lisboa e Antônia Maria de S. Pedro foram Félix Antônio Lisboa, Maria da Conceição Lisboa, Joaquina Lisboa e Madalena Teresa de Jesus (Escritura de Doação p.ª Patrimonio q fazem Maria da Conceição Lx. a, Joaquina Francisca Lx. ª, Magdalena Thereza de Jesus a Seu irmão Feliz Antº Lx.ª, no arquivo da Cúria de Mariana. V. também Judite Martins, ob. cit.).

78. Nascido a 11 de junho de 1755 e habilitado, para o fim de ordenar-se, em 13 de agosto de 1778. Era morador na Barra. Faleceu, o Padre Felix, aos 30 de março de 1838 e foi sepultado na igreja de S. Francisco de Assis, de Ouro Preto (Notas extraídas dos autos cíveis, n." 287, do Cartório do 2.° Ofício da Comarca de Ouro Preto. V. também Judite Martins, ob. cit.).

79. No ano de 1826 para 1827, Félix Antônio Lisboa recebeu 1 $351 "de Incarnar a Imagem de S. Frc.° do Amor Divino, epor olhos de vidro na m. ma". Em 1829 para 1830, recebeu 6$000 "pr. Duas imagens do S. Patriarca" (Livro 2.° de Receita e Despesa da Ordem 3.ª de S. Francisco de Assis de Ouro Preto, fls. 128 e 154).

80. Os despojos de Antônio Francisco Lisboa foram exumados a 30 de junho de 1930, juntamente com outros da mesma sepultura, declarando a ata lavrada na ocasião "que no meio dêsses ossos devem se achar os do Aleijadinho" (V. o Jornal, Rio de Janeiro, 3- V -1938).

81. O manuscrito pertencente ao Instituto Histórico e Geográfico Brasileiro está datado e assinado: "Ouro Preto, 16 de janeiro de 1858. Rodrigo José Ferreira Bretas",

82. Manuel Francisco Lisboa (o neto) nasceu no Rio de Janeiro e viveu longos anos em Vila Rica, segundo se verifica do seguinte documento: ... "E sendo lhe perguntado pelo contheudo na petissão do justificante Manoel Francisco Lisboa, disse que sabe pelo pleno conhecimento que tem do mesmo, que viera da Cidade do Rio de Janeiro para esta Villa de idade de cinco annos pouco mais ou menos em companhia de Sua May Narcisa Rodrigues, e que hé natural e baptisado na Freguezia da Sé da Cidade do Rio de Janeiro, e que hé o proprio porque se trata, e nomeia, athé o presente se tem confessado no Estado de Solteiro" ... (Autos de casamento de Manuel Francisco Lisboa com Joana de Araújo Correia, doc. Original no arquivo da DPHAN).

83. No manuscrito do Instituto Histórico e Geográfico Brasileiro, lê-se "onde exerce a marceneria" .

RELAÇÃO DE OBRAS DE ANTÔNIO FRANCISCO LISBOA

AUTORIA COMPROVADA POR DOCUMENTAÇÃO DA ÉPOCA:

Ouro Preto

Igreja de S. Francisco de Assis: esculturas dos púlpitos; esculturas no barrete; risco da nova portada; risco da tribuna do altar-mor; retábulo da capela-mor; feitio das pedras da ara; risco dos altares colaterais.

Igreja de N. S.ª do Carmo: altares colaterais de S. João Batista e N. S.ª da Piedade; acréscimo dos guarda-pós e camarins dos altares de Santa Quitéria e Santa Luzia.

Igreja de S. José: risco do retábulo da capela-mor.

Igreja das Mercês e Perdões: risco da primitiva capela-mor.

Matriz de N. S.ª do Pilar: feitio de 4 anjos de madeira para o andor (não identificados).

Sabará

Igreja de N. S.ª do Carmo: trabalhos não especificados; imagens de Santos; risco e execução dos púlpitos, coro, grades do corpo da igreja e portas principais.

Congonhas do Campo

Santuário do Bom Jesus de Matozinhos: imagens dos Passos da Paixão; estátuas dos profetas no adro; caixa do órgão (desaparecida); castiçais (não identificados).

São João del Rei

Igreja de S. Francisco de Assis: risco geral da igreja e do retábulo da capela-mor; execução de trabalho não especificado.

Tiradentes

Matriz de Santo Antônio: risco do frontispício.

*. o original do documento extraviou-se depois de 1938

AUTORIA APURADA POR EXAME E CONFRONTO DA PEÇAS:

Ouro Preto

Igreja de S. Francisco de Assis: risco geral da igreja; esculturas da portada; chafariz da sacristia.

Igreja de N.S.ª do Carmo: modificações no projeto da igreja, inclusive do frontispício; execução das esculturas da sobreporta, da tarja do arco-cruzeiro e do lavatório da sacristia.

Igreja das Mercês e Perdões: crucifixo da sacristia; imagens de roca de S. Pedro Nolasco e S. Raimundo Nonato.

Igreja de S. Francisco de Paula: imagem de S. Francisco de Paula.

Matriz de N. Sª do Pilar: oratório na sacristia.

Igreja de S. Miguel e Almas: risco e esculturas da portada, inclusive a imagem de S. Miguel no nicho.

Igreja de N. S. ª do Rosário: cabeça da imagem de Santa Helena.

Museu da Inconfidência: imagem de S. Jorge; altar da fazenda da Serra Negra: imagem pequena de Nossa Senhora; figuras de presépio; Senhor da Coluna.

Mariana

Chafariz da Samaritana (atualmente no parque do Seminário Maior).

Sabará

Igreja de N. Sª do Carmo: modificações do risco do frontispício; risco e execução da empena e esculturas da sobreporta e janelas da fachada principal; talha dos atlantes; imagens de S. João da Cruz e S. Simão Stock.

Caeté

Matriz de N. Sª do Bom Sucesso: talha de um dos altares colaterais e imagem de N. S.ª do Carmo.

Morro Grande (atual Barão de Cocais)

Matriz de S. João Batista: intervenção no risco do frontispício e implantação das torres; imagem de S. João Batista no nicho da portada; risco e tarja do arco-cruzeiro.

Catas Altas

Matriz de N.S.ª da Conceição: Crucifixo.

Santa Rita Durão

Igreja de N. S.ª do Rosário: altar colateral.

Nova Lima

Matriz: altar-mor, 2 altares colaterais, grades, púlpitos e altar da sacristia, todos procedentes da fazenda da Jaguara.

Congonhas do Campo

Santuário de N. S. Bom Jesus de Matozinhos: 6 relicários na sacristia.

Matriz: escultura da sobreporta; imagem de S. Joaquim.

São João del Rei

Igreja de S. Francisco de Assis: risco dos altares colaterais e púlpitos; esculturas na portada, inclusive da chave da verga da porta principal; imagem de S. João Evangelista em altar colateral.

Igreja de N. S.ª do Carmo: risco original* do frontispício e execução da maior parte das esculturas da portada.

Tiradentes

Matriz de Santo Antônio: risco das grades do corpo da igreja.

Paraíba (Capital)

Imagem da Senhora Santana, na coleção Clero, procedente da fazenda da Serra Negra.

* Modificado na execução, quanto à empena, à colocação da tarja e à conformação das torres, que se fizeram oitavadas, ao invés de redondas "como nele (no risco) se mostra".

Este livro foi composto com a tipografia Times New Roman
e impresso pela Meta Brasil.